朱天文　朱天心　朱天衣

桃树人家

读书人家的光阴

朱天文 朱天心 朱天衣 著

北京时代华文书局

朱家合影

三姐妹

从左至右依次为：朱天衣、朱天心、朱天文

序言

每回出外座谈演讲,总被介绍出自"文学世家",因此这就成了会后访问的主题。大家总好奇:父母是如何教育子女的,使我们姐妹仨都走上写作之路?

首先,关于写作,父母是从未把着手教过我们什么,更没说过什么文学方面的大道理,自小在餐桌上谈的只有故事——以父亲老家为背景的故事、母亲成长中听闻的奇人异事。因为有了这些听之再听也永不厌倦的故事,许多的人情世故、价值判断就这么深植心底了。而外就是满墙被塞爆的书柜,从苏联文学到现代小说,百无禁忌,任我们拣选,看得懂的就接着看,实在难读的就先搁下换一本。父亲从未开书单给我们,印象中有那么一次,是初中时期父亲知道我开始写诗,便给了我一本余光中的《白玉苦瓜》,也就仅这么一次。

所以每每望着台下听者略显失望的脸庞,我如何努力也难条列整理"成为作家一二三"之类的来满足他们。要如何与他们说

"身教重于言教，环境的影响甚于一切"？正如：不喜阅读的父母如何苛求孩子拥有读书习惯？鲜少陪伴谈天的亲子关系，如何奢望孩子有说与写的渴望？

之所以会出这本《桃树人家》，集结两位姐姐与我的少作，是想透过我们仨的书写，使读者更明了我们姐妹是在一个什么样的环境中成长的，看似无为的父母是以一种什么样的方式无形地影响了我们，生命中许多信念价值就是生活中的点点滴滴积累而来的。

文学不只是书写与阅读，还是一种生活的态度，甚至可以是一种信仰，如书中《父亲》这篇文章谈到的"若说信仰能让生命永恒、灵魂不灭，那么文学不就是如此？无论书写阅读，乃至生活态度，不都在突破生命的限制？心灵脑力极致开发，不正是信灵满溢般的至美？而文字的隽永不也是灵魂的不灭？父亲的身教与书写见证了这一切，而姐姐、姐夫的前行，让我无畏无惧，一样找着安身立命的所在。我何其有幸今生能与他们结伴同行，即便在这文学的国度里，我还做不到反馈，还只是个汲取者，但此生足矣"。这是晚近我的体悟，愿与徜徉在文学大河或读或写，或在生活中有所坚持的朋友们共勉。

目 录
CONTENTS

辑一 / 朝阳庭花闻儿语

- 003　朝阳庭花闻儿语（朱天文）
- 008　宝宝（朱天文）
- 010　两岁（朱天文）
- 012　春衫行（朱天文）
- 017　画画（朱天心）
- 022　那年，冬天（朱天心）
- 028　最好的时光（朱天心）
- 034　我的眷村童年（朱天衣）
- 045　我是山东人（朱天衣）
- 048　冲水马桶（朱天衣）
- 051　大水洗礼（朱天衣）
- 053　孩子王（朱天衣）
- 055　小时候（朱天衣）
- 058　小时候的零嘴（朱天衣）
- 061　大锅面（朱天衣）
- 064　回家真好（朱天衣）
- 066　挣来一盒巧克力（朱天衣）
- 068　民智未开时（朱天衣）

辑二 / 四季桂

之一 · 姐妹仨

- 073 如是我闻（朱天文）
- 076 姐姐（朱天心）
- 077 妹妹（朱天心）
- 082 姐妹仨（朱天衣）

之二 · 四季桂

- 091 拔牙（朱天文）
- 093 素读《八二三注》（朱天文）
- 095 给爸爸的信（朱天文）
- 098 山花红（朱天文）
- 104 吾家有犬（朱天文）
- 107 妈妈（朱天心）
- 109 他们俩（朱天心）
- 114 父亲小时候（朱天衣）
- 116 香蕉（朱天衣）
- 118 国恩家庆（朱天衣）
- 120 第二代探亲（朱天衣）
- 122 四季桂（朱天衣）
- 128 母亲（朱天衣）
- 136 父亲（朱天衣）

辑三 / 桃树人家

之一·桃树人家

145　云上游（朱天文）
149　文学的童年（朱天文）
152　美国舞男（朱天文）
156　E.T.回家（朱天文）
158　家是用稿纸糊起来的（朱天文）
168　桃树人家（朱天文）
170　家有小老虎（朱天文）
172　岁末的愿望（朱天文）
176　闻吠起舞（朱天文）
178　一花亦真（朱天心）
185　吾家有女（朱天心）
189　不为明天烦忧（朱天衣）
192　杀生的禁忌（朱天衣）

之二·外公的留声机

195　外公的留声机（朱天文）
197　拍片的假期（朱天文）
204　外公家（朱天心）
208　最初的恋情（朱天衣）
210　我的大舅（朱天衣）
213　我的神父小舅（朱天衣）
215　阿太（朱天衣）
219　另一道血缘（朱天衣）

003

辑一 朝阳庭花闻儿语

朝阳庭花闻儿语

朱天文 / 文

    翻开二十年前父亲母亲以我的口气记下的一本厚厚的日记，那时父亲不到三十，是陆军官校教育处上尉绘图官。我边读边笑了起来，哪管窗外的"莫瑞"台风豪雨如注。那日记上二十年前的字迹历历，在质粗泛黄的纸张与时间的气味中，我清楚地见到一位清癯的青年，他是年轻的丈夫和父亲，对于文学抱着这样严正虔敬的心情，和他的对于国事时局的忧愤，令我想起五四时候的新文学，虽然幼稚，但是那样清新、纯真、诚心，使人兴发。"因为懂得，所以慈悲"，而更因为他是我的父亲，好意和宽容中竟是酸酸的泪意了。

    日记开始以我的口气写着：天刚亮，大大（父亲似乎喜欢我这么称呼他，因为他是这样称呼祖父的，而且妈妈也经常这么喊他）亲了妈妈，便急促地去找助产士了……这时是一九五六年八月二十四日零时，我立刻哭了，睁大了眼睛，我看到了挨得最近的大大，他的眼眶溢着泪。接着我并没哭上多久，就为那些我从不曾见过的事物吸引了。大大第一个抱我……

我问父亲那时母亲的笔名唤作什么,父亲说叫"流浪",我闻言大笑。那时父母年轻的梦是有朝一日回到大陆时,两人要到大西北草原垦荒去,还想着有一天能办一份杂志,就叫作《拓荒》吧。尹伯伯说:"盼望大家最喜爱的凤子,能够早一天喝到西北大草原上大花奶牛的甜汁!"啊,多兴奋呢!总是会使人兴奋的尹伯伯,我该叫他作兴奋伯伯!

很糟的是,大大一面在写《火车上》这篇短篇小说应征"中央妇女工作会"的征文,一面包绘一家出版商的儿童蜡笔画教材,结果都因我的诞生而放弃了。此处是母亲的笔迹:这些日子,妈妈有时很不安,因为生活太匆忙了。她说同样的家事,女人做来倒没什么,换上男人,就显得非常忙乱和不正常了。我看得很清楚,只要大大屋里屋外地团转,她便感到悲哀,只要她不能看到大大坐在他的书桌前,点起他的香烟,然后想或写他的东西,那么妈妈便要感到一切都不正常而紊乱了。她不愿为了我的来临使大大的笔尖生锈,而我,又何尝不呢!

仍是母亲的字:台风带来本年度第一次的倾盆大雨,大大无法上班了,蜗居在家,疯狂的雨声中,我看见他们一面整理着以前的信件,一面又回味着他们从认识到结婚的过程。中午他们很简单地打发了午餐,便对坐在火炉旁边烤尿布了。红通通的炭火和他们谈不尽的话中,我好像尝到了大大老家冰雪的冬天里火炉旁的安适和温暖。然而妈妈说:"记得史蒂芬生说过,'火炉旁的舒适温暖,会使一个男人的雄心缩萎掉的'。"大大笑了笑,没讲什么。晚上,火炉旁边妈妈听着大大诵读他的中篇《山盟》。大大低沉的声音，和着门外的雨声，把我同妈妈带进了那深邃优美的故事里去了。末了，妈妈摸了摸我的头和大大说："宝宝将因你感到骄傲的。"

但我要笑父亲的。那时候的父亲太"五四"了，而从抗战里走过来的父亲，又几乎不能免于三十年代的时代特征，有这么一段道：傍晚，妈妈抱着我，和大大在糖厂小火车站一带散步，好美的秋天黄昏，可是什么叫作美呢？邻家的一个小朋友比我还小，可能还没满月，却绑在他妈妈的背上，他的妈妈在割青草，挑那么沉重的一担子草，小朋友歪着可怜的小脑袋睡熟在妈妈的背上。读至此，我心想，演绎下去要变成阶级意识了，再往下读：啊，我是够幸福了，可是怎样才能把我的幸福分给这位小朋友呢？等我长大了吧，我现在是个只会享福的傻孩子，到底父亲厉害，半途回转了来：十月二十九日礼拜一，妈妈和大大去看电影，《太太从军》，哎呀，原来还是一对贪玩的少年夫妻。

父亲写着：大大跟妈妈真可笑，每当我哭得厉害了，大大就说："我们商量一下好吧，咱们都见过世面的……好，你不依，我就把你送进旧衣铺里去烫破裤子了。"妈妈却说："再哭我就永不带你回外公家骑大狗了。"日耳曼种的大狼狗我不稀罕，我要跟在我后头的是西藏大獒犬。至于烫破裤子，天啊，是否每个不称心的孩子都将给送进旧衣铺里？

大大休假，我们父女俩又比赛睡觉了。醒来大大给我换好了尿布同我谈心。大大告诉我们朱家的家事，从高祖父时代的大家庭以及煊赫的家势，到曾祖父时代的家道如何倾覆，再到祖父如何赤手空拳重建了那番家业,以及童年时代的家庭,和后来怎样地毁于日本军阀的侵略……真是一个近百年来的中国史缩影呢。怨不得大大日日夜夜在苦思深想,如何去写他的长篇《潮流》。

自彼时至今,《潮流》还未动笔,中途曾经改题为《倾国倾城》,又改为《华太平家史》,一度要开笔,书桌墙上挂的是家史的年表和人物表,呵,比荣宁两府规模还大哩。张爱玲说:"《铁浆》这样富于乡土气氛,与大家不大知道的我们的民族性,例如战国时代的血性,在我看来是与多数国人失去的错过的一切。"父亲那样强大的文章,而以和平出之。台灯下案上伏着的白发,数十年如一日。记得小学时每回开学发新书买簿子,我最爱吃过了晚饭,抱一摞到父亲书桌上,要父亲用美术字或隶书字体,一本一本写上名字、学号、班别、年级,我趴在桌沿看着父亲手下写出的一笔一画,只觉得伟大极了。小学二年级交图画周记,下半面的文字我写,上半面的图画则都是父亲替我来画。有一次我写道:"爸爸昨天去金门,因为海浪太大,船快翻了,还好有人拉住绳子,才没有翻。"父亲母亲看后笑了笑,但仍是画了一只四层高的军舰,舰上飘着国旗。

我至今记得父亲把我抱在膝上背诵的《古诗十九首》和《琵琶行》。之前的,则是记忆记不得,而生命里记得的。日记写着:大大感冒了,请假在家休养,晚上妈妈和疤子叔叔去看《风雪儿女》,大大也没去,在家里讲故事给我听。大大每讲完一个故事,就要我再讲一遍,我能用仅会的一点言语和手势把大大讲的故事再凌乱地讲一遍呢。有了天心妹妹时，大大教我唱："好妹妹，不分离，在天上，鸟一比，在地上，保护你，你要往东我不往西……"我已经学会了前四句，但是没有调子可言。其实我还不会说"我"，也不懂"我"是什么意思，我总以"宝宝"代替，没有人教，我自己发明的。大大休假在家，宝宝就不寂寞了，清晨，大大带我骑车去买菜，我看到很多的麻雀，大大教我学它们叫"叽叽喳喳！叽叽喳喳！"回到家，大大又骑车去买竹子，拖回来，就开始做大门。我给大大帮忙，替他拿钉子。大大带我在稻田里散步，给我讲稻子是怎么结稻谷，稻谷是怎么打出来做饭的米的，我的问题也渐渐多了，我说：怎么米米是草草呢？

我也非常惊喜地发现这样的记载：大大完成了《生活在线》决定寄去《联合报》副刊，他很希望由张英超为他做插图，六月十六日寄出，七月七日刊登，果然是张英超的插图。十二月一日《联合报》的编辑林海音给大大来信，非常推崇他的《生活在线》和《偶》，跟他商量为《联合报》副刊写长篇连载，并为《文星》写短篇。大大说："我真不要那么多市场，我写不了多少东西的。"

而父亲一直写，写到今天，比他所预想的写得更多、更久、更长。在我八十五天的日记记着：昨天晚上很好玩，翁妈妈抱着我，大大同妈妈讲话，我盯着大大的后脑勺儿，看那上面的白头发，大大忽然回过头来，发现我在傻看着他，便说："嘿，傻丫头！"我笑了，笑得嘿嘿呵呵响，把大大和妈妈惹得笑作一团，正是——爸爸的白发不是老。

宝宝

朱天文 / 文

两岁的时候还不懂得用代名词,比如,从来不懂得说"我",只会说"宝宝"。我跟大大要扇子,就说:"宝宝要扇子。"

宝宝很丢脸,撒了尿在裤子里,大大罚我在自己的小床上光着屁股坐在被窝里。要说我不懂事吗?妈妈说我讲话跟大人一样,早晨大大上班来不及吃早饭,妈妈买了一把馓子让大大带到班上去就着吃馒头。我看见妈咪用纸包馓子,就质问妈咪:"馓子不给宝宝吃呀?"那口气就像责备妈咪做错了一件大事。

还有,晚上做千层油饼吃,他们做好了,放在床上,用纱罩盖住。我正饿得很哩,也不管,掀开纱罩正准备拿一块吃,让大大看见了,挨了骂。恰巧不一会儿大大出去了,这是好机会,我赶快拿开纱罩,取了一块出来,好香!就伏在床边吃了,快要吃完了才被他们发现,结果并没有挨骂,反而一家人大笑得不得了,说宝宝自己可以求生活了。宝宝还不知道"求生活"是什么意思。

他们问我:"大大最喜欢哪一个?"我说:"最喜欢妈咪。"他们问我:"办公伯伯最喜欢哪一个?"我说:"最喜欢办公阿姨。"他们又问我:"隔壁伯伯最喜欢哪一个?"我说:"最喜欢隔壁阿姨。"他们就笑起来,说宝宝是小鬼精灵。

两岁
朱天文 / 文

记忆里许多事情都是这样地可笑。小时候照顾我的翁妈妈今已不在人世，在我第六百九十二天的日记，父亲这么记着：

翁妈妈是疼爱我的，可惜她疼爱错了，反而害了我。这几天，我闲着的时候，就想吃零嘴，她就买糖或橄榄给我吃。吃过了，只拼命地想喝水，把肚子胀得老大，吃饭的时候就不想吃。接连几天都这样，今天父母俩就开始整我了，索性不准我吃饭，要好生饿我一饿，翁妈妈这才发现她做错了，气得坐在院子里不作声（她生起气来就是那样子）。后来父母在屋子里给妹妹洗澡澡，翁妈妈就趁机偷偷盛了饭喂我，可是还是让爸爸发现了，把饭碗夺了去，非坚持好生饿饿我不可，真倒霉，晚饭还是没有吃成。

后来爸爸带我在风铃树下看虫虫——一种没有壳的蜗牛，妈妈顶害怕的东西——我发现隔壁阿姨在吃面条，我真想吃，可是知道爸爸一定不准许，就招手要阿姨来看虫虫，我想，阿姨只要过来我们家，一定会请我吃的。但阿姨只隔着篱笆看看，并不过来。后来我就跟爸爸表示，我到阿姨家去，告诉她虫虫的事，爸爸答应了，但我并不显出太高兴，慢慢装着很沉着的样子，怕被看出来。我就告诉阿姨，虫虫是怎么爬的，虫虫很可怕，说着，阿姨就真的喂我面条了，不幸只吃了一口就被爸爸发现了，又给我拖回家来。唉，翁妈妈呀，你害死我了。

春衫行

朱天文 / 文

"秋千架上春衫薄",当此妙龄,我却来说说三十而立,我的成人、大人之事呢。

家中一沓泛黄了的照片,有张像极了意大利写实片的某个镜头:天井中是筛过竹墙的黄昏,一架压水机、木桶,小孩穿着工装裤立在那里,背光,亦觉得其脸上一股稚气,正经,极认真的,乍看是个男孩,竟不认得就是自己。三岁吧,或者两岁,曾经有那样一年的那样一个黄昏的一刻里,我多么希望能够记得她在想些什么呢。小孩的眼睛最亮,最干净,她看的都是真人真物,但她又像在高高茫茫的天空俯瞰人间,不识、不知、不情、不仁。一九五八年我两岁,这年八月就打起了金门炮战。

彼时父亲在凤山陆军官校,台湾没有一位亲人,与母亲少年夫妻,扮家家酒似的成家立业起来。父亲是上尉绘图官,月薪一百五十元,房租去了一百,母亲因是出奔至凤山,尚未报准眷粮,便与父亲军校一位唤作老裴的同事,三人搭伙吃两人的眷粮。裴伯伯十六岁当兵,只身随军队来台湾,河南人,相貌很滑稽、喜气,生着一张瘪瘪的老太婆嘴,手艺颇好,北方面食如馒头、包子、水饺、烧卖、拉面、烙饼,一一都传授了母亲。他很看不惯母亲生番似的泼蛮,怀我九个月时照样和父亲那一干拜把兄弟搭四分之三中型吉普去鹅銮鼻玩,来回九小时的石头路,裴伯伯便任了婆婆的职分,管这管那,每次都爱撇着面皮,头上盘一圈毛巾布,老气横秋地数落他这位不合格的山东媳妇道:"你们这妇道人家哪……"生下来第一位抱我的外人就是裴伯伯,依父亲老家的风俗,将来我的脾气个性都会和裴伯伯是一个模样,父亲连叹道:"糟糕,好好女孩家像老裴这样宝里宝气怎么得了!"裴伯伯每逢家中断炊,便去教堂领些救济面粉来,又或是走一遭他那河南老乡的违章建筑,周转来几文钱使使。

三岁之前的记忆应该是没有的,但是或许如心理学家Jung所谓的民族记忆这件东西,说得更美是"三生石上旧精魂",那一段岁月,多少的生离死别,沧海变桑田,像是一首前世的歌谣唱在今生,剪不断,理还乱。那谣里云笼雾罩,拨开是浑黄的江山如梦,低低寻去,那中原渡迁的百姓家,倒又像抗战时期的木刻版画,特有一种杂乱中的人生的真实,然而那简明现实的线条又是不带情绪、解脱了悲欢离合的,仿佛一幅月儿弯弯照九州岛。四十年代我还太小太小,这小小人儿竟也如一粒石子,那样用心地投下去,而依然是时代的长流泱泱无语吗?

后来父亲军职北调,全家搬到了桃园侨爱新村,一院、一厅，厨房是自家搭建的，至今我还记得下雨天母亲戴着斗笠在厨房炒菜，红扑扑的好圆好圆的脸呀，唱着歌，"嗞啦嗞啦"的炒菜声把绵绵的梅雨天气都给炒亮了。我又最喜欢台风天，停电了大人不必做事，烛光下一家五口窝在厅里的大床上，父母闲闲地聊天，我和妹妹在一旁玩，任凭外面的大风大雨怒吼，越大才越好呢。只觉爸爸妈妈是这样亲，房间里的五斗柜、收音机、书桌、藤椅，一个个笨重的实体，都是这样亲。我望望爸爸妈妈的脸，安心极了，很欢喜地和妹妹继续玩。那架老收音机往后一直跟了我们很久，每天中午我傍着母亲收听《甜蜜的家庭》，赵刚饰父亲，白茜如饰母亲，还有一位娇滴滴的盼盼。隔壁住的陈妈妈很整洁，有时候也唱歌，走的周璇派，唱来唱去总是一支《钟山春》。母亲常常带我们到东边山岗采蕨菜，望下去河谷蜿蜒而过，漫山是银花花、摇闪闪的野芒。我采一会儿蕨菜，又径自去采野芒的嫩须须做胡子玩，边采着边回头看母亲，觉得秋阳下母亲永永远远是那样子的，又忽然有一种要永远失去了的悲伤，跑到母亲身边，哀哀的。母亲指着远远的我望不见的山边告诉我，台湾最大的一座水库正在建造中，你们的八嘟嘟（叔叔）也在那儿做呢。

不久我们就搬到板桥妇联一村，公路局的车在浮洲里一站下。浮洲里是每到台风季节便有泛滥成灾的危机，那回是"葛乐礼"台风石门水库泄洪，我和妹妹正在大床上披着被单扮古装美人儿，一嘟噜一嘟噜腻黄的水从门槛缝隙里涌进来，顷刻漫到床沿，三人高兴地拍手乱叫乱跳，打捞满屋漂来的鞋子、锅盆。再来都成了片段——爸爸妈妈合力把一口大皮箱架到屋梁上去……巷子里滚滚的浊水淹到了胸口，母亲在前头，仓皇地喊道："Lucky！Lucky！"我伏在父亲肩上，父亲朝母亲大叫道："人都管不了了！狗还管它！"声音在体腔里的共鸣仿佛我是整个人贴在黄淮大平原上，轰隆轰隆的大水从地底流过……我和妹妹被托在隔壁钟妈妈家的阁楼上，水直涨到阁边，漆黑的长夜漫漫，醒来就哇哇大哭，爸妈在隔壁的黄伯伯家，每听我哭起来便大声应道："别怕呀，在这儿。"我还记得未被淹到的一小片玻璃窗，彻夜泛着青灰的光。水灾之后，我们小孩暂寄台北六叔叔家，父亲在台北的几个兄弟皆闻讯跑来，好容易才清理了屋内屋外一尺厚的黄泥土。再后是各方的救济品纷纷投来，堆在墙边的美军罐头吃了好长一段日子，有胡萝卜丁煨豌豆，倒在搪瓷盘里，那鲜明的红与绿令我惊喜极了，要拿来串成珠珠项链戴的。还有甜滋滋的水蜜桃、黄盈盈的菠萝、红艳艳的樱桃……现在想起来都成了一场甜蜜的水灾梦。

一九六六年，文化列车停在板桥火车站，父亲带我去看，十几节火车车厢，两侧皆是巨幅油画，父亲一幅一幅说给我听。我听后自己跑去玩，从车厢底下钻到对面，弯身看着父亲的大鞋子慢慢地踱着，开心得直笑。回到家我一幅幅说给母亲听，这张红卫兵把孔子庙烧掉了，这张是一排人被绑了，头上戴着高高的帽子走在街上……"他们是胡搞乱搞，我们就可以打回山东了。"母亲听了笑，可是父亲是这么说的，我亦不管父亲多讶异我的记忆这样强，跑到院子里抓圣诞红叶上的小螳螂玩去了。当时我并不知道那就是空前绝后的"文化大革命"，当时我只是与在台湾的千万余名中国人同生于这场浩劫之外。

画画

朱天心 / 文

爸爸是在杭州学画，他是个画画和工程师天才，只是早早就投笔从戎了。姐姐也是个画画天才，而我不是。

姐姐大我两岁，从有记忆起，我就趴在桌沿看她画，她总一面画一面与我解说，这是蛋蛋，这是面面，这是小人儿，小人儿在吃晚饭。我看着觉得伟大，爸爸妈妈也觉得，他们常把姐姐的画给客人看，也寄给外公外婆，客人多啧啧称奇。

大些后，爸爸妈妈更发现了姐姐还有一样大天才，姐姐背着手在院子里作诗了！夏天的夜里，姐姐指着天空，拽拽妈妈的裙子："妈妈你看，那颗星星是多么多么美丽地滚下来。"

我拾了姐姐的断蜡笔和作业簿，也想把我眼中的美丽世界给画下来。我完成的第一幅画是个小人儿的大头像，爸爸妈妈看着笑弯了腰，姐姐也抱着我笑倒在床上："傻妹妹，傻妹妹。"原来是我把小人儿的眼睛给画倒了，它们正睁大着眼睛朝天空看，好累，我都要替它们眨巴两下眼睛了。

小时候，我一度内向害羞得几乎成病，连爸爸出差几天回家，我也要羞得钻到床底下躲起来。在幼儿园小班里，我怕小朋友，也怕老师，整日就咬紧着下唇立在门廊口等一年级下课的姐姐来跟我一块儿回家。小妹妹还是婴儿，爸爸妈妈忙得没时间留意我，直到幼儿园小班的老师找爸爸妈妈谈话时他们才觉着严重，这是后话了。

我依旧画，专注了一个下午，把我的幼儿园给画进去了。给姐姐看，她大人气地点点头，指点我："这些草草怎会长得这么整齐呢？"我低声地分辩："这是小篱笆呀！"姐姐恍然大悟地"哦"了一声，掀起裙子擦擦额上的汗水，一个转身又跑出去疯了。第一次我对自己有信心了，我能画姐姐没画过的东西！

我们小班里有个坏男生，叫冯锡舟，长得黑黑大大的，一双眼睛跟对电灯泡一样，人家都叫他水牛。他总欺负我，因为我从不跟老师或爸爸妈妈告状，每每中午吃点心，他总坐到我对面，一只手举成个手枪的形状，瞪我一眼低呵道："投降！"我还不懂这话的意思，但是我会把握着的筷子或汤匙给放下，眼睁睁地看着他吃我的点心。他也偷我的铅笔和橡皮，用刀片把橡皮切成一片一片的。他还扯掉我别在围兜兜上的手帕，拿它蒙人眼睛玩瞎子捉人。妈妈常问我小手帕又哪儿去了，我只咬着嘴唇不说话，然后妈妈说，天父不喜欢撒谎的小孩的，我就低下头不出声地流泪，妈妈也不再问了。

只有一件事我是心甘情愿地依冯锡舟的。每天我们都有一节图画课。冯锡舟总叫我帮他画,他是钻到桌底下拿蚱蜢吓女生去了。那一阵子我喜欢画太阳,从早到晚都画,画不厌。我先画一个红圆圈,然后用红色、黄色、橘色在它周围画一圈一道道的光芒,第二圈的光芒用绿色和蓝色,最外一圈用黑色和咖啡色,是个花俏又严肃的太阳伯伯。老师总给我只打两个圈圈,是很坏的成绩,冯锡舟也把它扔在地上踏两脚:"什么东西!"可是我依旧照画我的太阳。

爸爸一度连跑了几趟马祖,坐兵舰去的,姐姐大,有资格跟妈妈去送爸爸。回来的时候,姐姐连跟我讲了几天的兵舰,比着手势,用尽了形容词,用尽了她的诗句,但是她在她的"写和画"的学校日记上写得却很幼稚,她先大大描述了海港的景物和兵舰的巨大,最后一段,她说:"一阵大风吹来,兵舰要翻了,还好岸上的人赶快拉住了兵舰上的大绳子,它才没沉掉。"但是我喜欢姐姐画的兵舰,我日日在想着,终有一天我也会在纸上画出一条壮丽的兵舰。

妹妹也到了看我画画的年龄。但是她太早学走路,弯弯的骑兵腿,走起路来像青蛙一样。腿使得她的个子够不到桌面,我只好趴在床上边画边讲给她听。不过显然我比姐姐同年龄时早熟得多,我不画蛋蛋、面面、小人儿,我画蓝蓝大海洋里的大兵舰!妹妹是日日看烦了她看不懂的东西,每次只要一看我拿着蜡笔盒子伏到床上,她就小青蛙一样地快快跳跑开。

不久我也倦了,画倦了兵舰,总是那样一层一层宝塔般地全上去,垒到顶上只好画一个国旗或大炮才了事,冯锡舟笑我画的是个大蛋糕。

后来看了爸爸柜子上的《胜利之光》画刊,我开始喜欢画坦克车、飞机、大炮、枪,和兵兵打仗。胸中却是没有一丝暴戾之气的。

可是我一直最想画的是天父,他是一个长着络腮长须、带着纵容神色看着我的慈祥老人。每晚睡前我躺在床上最后一次合上眼时,总见他在那儿,于是我笑着睡去了。

天父给我的印象可能是根源于在爸爸书桌前那面墙上挂了好些年的日历板子,约瑟和玛利亚在柔和暖黄的烛光中注视着马槽中的圣婴,约瑟就是个长着络腮长须、慈祥和蔼的人,我爱他,就认定他是天父了。长大后,要画下天父的意念还一直在心底,也不会想真去拿起支笔,不是像那个西方画家的故事,记不得是谁了,他要画一幅圣婴和撒旦的画,他很快地找到了一个天真纯洁的小孩,画下了圣婴,但是撒旦呢?到哪儿去找那么一个邪恶的人呢?于是这个画家出外去找,一找就找了几十年,最后终于在一个罪恶的地方找到一个真正邪恶的人,当他继续那幅画的时候,那个邪恶的人落泪了,因为,"我就是你当年画的那个圣婴啊"!

我原就没有画画天才,到了初中时更是萎缩到了只能随意在课本的空白地方画人头,一个个侧面的人头,高高鼻子,尖下巴,洼眼睛,长长翘翘的睫毛要抵到眉骨上去了。我总轻轻两笔就把它画下来，也没想到往下发展，总画到脖子就打住。同学看了总说你在画俄国大鼻子，妈妈则说我是一种潜意识的行为，因为家中三个女孩就我的鼻子不高。但是我还是安然地画，制造出一群焦急的、在引颈长望远方的人儿，而且都是向左看。

那年，冬天

朱天心/文

　　我是从小孩子身上才懂得"天地不仁"而又同时是"天道好还"。

　　小时候，住在摩肩接踵的眷村里，一度家中的狗儿猫儿各多达十余只，妈妈再三与我们言明不得再从路边抱小狗回来，第二天还是抱了一只，是只满身煳味儿、周身的毛已经给烧了个精光的小狗，全身仅存的生机就只剩下一对乌沉沉盯着人看的眼睛。还活着！我们当下替它取了名字——小煳，养下了。就为了留住它，家里又生了许多事。我成天就只管烧开水，为的是把一块块的布不断蒙在水壶上，烘热了盖在它身上。一直到它死，我都守着它空空暖暖的窝，灰心疲累至极，也就是哭了一场。

　　后来又来了好些过客，犇犇、大娃、瑜伽术、单单……瑜伽术是一只精瘦的小狗，像头最小号的花叫驴，什么东西都不吃。只等在路灯下吃绕着灯光飞晕了头栽倒在地的金龟子。我们说它一定是在练某种功夫，说不定是瑜伽术，所以唤它作"瑜伽术"。但是它没练几天功夫就死了。那阵子家中人口流动性奇大,屋小人多,猫儿狗儿处处横枕,一个冬天我们真是寸步难行。然而那个长又长的冬天,也就只单单一个是归人,到现在才有双双、错错、皓皓、麦麦、点点。单单的丈夫是三三。

然而那个长长的冬天呀。

那年冬天。

那年冬天,总也不像冬天,成天就只是暖暖撩人的阳光,因为是冬天,妈妈宁可看着我们满头大汗也不肯让我们少穿一件,那是个热热痒痒、汗汗刺刺的毛衣扎人脖子的冬天。我们还是常在小火车上过的,内湖一带砖窑林立,到处都是采黏土的小火车和铁道。常常黏土采完了,火车厢和铁道却没拆走,那片自成一局的山山丘丘、原野河流成了我们的天下。

坐小火车最过瘾的一段是过铁桥,铁桥下是条基隆河的支流,两岸生着密密郁郁的竹林子,夏天的时候,浅滩那岸常有一片正在睡懒觉的水蛇,小火车轰轰隆隆地经过铁桥时,胆小的蛇会"啪嗒啪嗒"地跳下水。我不敢看,那大约是凶狠的鳄鱼们,真是一派亚马孙河的气象,然而为着那暖暖拂人的冬阳,我总把它想成了马克·吐温笔下密西西比河的童年。我和姐姐曾经花一个下午沿河岸探险,到了黄昏才闯出那个竹林子,晚饭桌上抢着说那片林子里有纳粹党,因为在电视、影集中看熟了纳粹党的标志。说得爸妈也心动,后来怎么样不记得了,只是大了有回在庙里看到佛教"卍"的标志,才想到童年那日在林中看到的是这个，而不是纳粹的"卐"。

还有我和阿娟姐姐曾在一个午后背着钓鱼竿、水桶来钓鱼。阿娟是小六的姐姐，小六那会儿正是我的情人。一个下午半条鱼都没钓着，净看着一群群大肚个儿在岸边打转，小孩却难得有那个性子等。等得阳光透过密密的竹叶把人给照得迷迷醉醉，我到一旁搬搬挪挪，想找个地方打会儿盹儿，一个泥块掀开，一条小蛇睡眼惺忪地跟我打个照面，就惊得跟只尺蠖一样一伸一屈地回河里去了。我也给惊得没了睡意，拿起竹篓子捞大肚个儿去，我们这岸是凹岸，陡路多，一个没留神，滑下河去。脚还没碰到底，就让阿娟姐姐大喊大叫地拉住了，我急得双脚乱蹬，踩到河壁上凸出来的一个大树根，顿时没命地再往上爬，人就要上来，却是岸边的黄泥地被我弄得湿湿滑滑的，脚下一失，又下去了。

我和阿娟走在田埂上，太阳将落未落，远处农家煮饭烧的相思木柴火香老远传来，我和阿娟迷着那味儿也忘了继续绞干衣服，也忘了冷，两人鼻子漫空一嗅，相视一笑，拔腿朝高高的田垄上冲去，抢第一个跳到垄下那大大厚厚的稻草垛子里去。

冬天的一切我都不喜欢，唯有干冷的天气下走在收割的干田里，一块块的田地只见农人任着它们自由生长，有些是一片粉粉紫紫的木槿花，有些是一片开着白花、正结着籽的萝卜，还有鹅黄的油菜花，开满白色的蝴蝶花的豌豆田里藏着个等着吓人的唐家二哥，有些田却什么都不是，老远看过去，一个个山坡真是缤纷极了。天冷时玩杀刀最好了，在一层层的梯田间飞上跃下的，一朵黄色的小雏菊分明宁静地在脚畔，远处的山色湿湿青青的好爽眼，我一刀戳到衣衣的肚子，痒得她仰头笑倒在草堆里。我从一个高高的垄上跳下来，手中一根剥好待吃的香蕉先一步落在地上，一脚踩个稀烂，冬日傍晚微微的凉风吹过，真是惆怅。

还有阿狼老趴在那一块衬着红霞的山岩上，晚风扬着它红棕色的鬣毛。我从来没有，再也没有看过一只像它那样红的狗，火似的红，艳火烧到尖端成了淡金色的橘红。我当它是哥哥，最爱攀着它的脖子细细密密地看它。它的眼睛真是深邃，像片广阔无涯的红土大地，而它病的最后那几天却不肯回家，成日趴在村子外头的草场上，它从来都把头昂得直直的，在村口透过长草都可以看见它风中扬着的鬣毛，尽烧到晚霞极红极深的地方。它的耳朵仍然警觉地半竖着，眼睛看得好远，也不知是什么地方。然而妈妈说，好狗要死的时候都是这样不让它的亲人看到，妈妈每天傍晚还是去把阿狼抱回来，我站在村口老远看着，泪水潸潸而下。心中只觉得什么都不是。好恨好恨！

十月的一天艳阳高照，我和姐姐一大清早牵着手村前村后走了一遭，走到村口，老远瞧见山边的马路围着一大群人，跑近了看，原来在晒死人骨头，后来才晓得是捡骨的。天空那么蓝，太阳那么大，那个死人头骨却咧着大嘴朝我笑，我原先并不认得他的。我们班上的逃学鬼凑到跟前，一扬脚把个圆头颅踢得"咕噜咕噜"朝路边滚去，叫晒骨头的大人一路追到山边的小火车道那儿也没追着。这会儿妈妈在村口叫我们回家吃早饭，我钻出人群，回头叫姐姐间，看到死人头一双乌洞洞的眼睛在看着天空，我高兴他又生在这十月的天空下，为他养了这么些又红又大的草莓。

坟墓山上也是好玩不尽的，与它最亲的一次是和影剧五村的一行人打仗，我们一行数人被围困在山上，我是被列于老弱妇孺级的，却不甘，才不跟在后头哄正哇哇大哭的李家阿弟，我也抢在前头，凑着听小六和大炮商定军计，不时插嘴。小石子"嗖嗖"地从耳边飞过，那是影剧五村的一行人在山边小路就着人家盖房子的石子堆扔过来的，真真是生死一线就逼在眼前，与我常想的战争一模一样。我们伏着身子，从一丛山桃花后蹿出，脚下踩的是"吱呀呀"响的朽了的棺材盖子，棺材盖板下是个鲜黄亮釉的骨灰陶缸。然而坟墓山上的草莓生得最好，村里的小孩没有一人比我清楚哪一丛的哪一颗在哪一天最好吃。几颗亮丽的草莓捧在手里，孟家哥哥在一旁鬼叫："耶，那是吸死人骨头血的！"我却当着他的面，把一颗最大最红的一口吞下。

安安的哥哥大他一岁，刚搬来这儿时就瞒着他妈妈在大湖那边游泳，淹死了，他不住在草莓的那个老坟墓山上，他在池塘山的相思林那里。池塘原先是个不小的湖，可以钓鲇鱼、鲤鱼。一度爸爸妈妈迷上钓鱼，天天一大早就没了人影，只在饭桌上留张字条，叫我们到市场吃完早点带些烧饼、油条送到山上去。后来湖越变越小，四周成了荒烟蔓草的沼泽，就中间一小块水池，可是它周围是一片高大的相思林子，林间常年生着紫茵茵的酢浆草花。安安的哥哥就葬在那坡上，我们每回到这儿来总会不自觉地放轻些脚步,怕吵了谁似的,其实安安的哥哥是好吵、好玩的,夏天过了,他就四年级了。

酢浆草茎最好吃,又酸又涩,一个个小孩吃得龇牙咧嘴,等到整个舌头都绿了,就比赛采花,最后也分不出胜败,每人两只手合捧着都握不住花了,互相吓着"鬼来了""鬼来了",冲下山去,紫色的花跑着、喊着撒尽一条山路。我一直记得安安哥哥葬的地方两边各有一行字,一边是"山明水秀",另一边不大认识,"山明水秀"这四个字好认,小孩每才爬到山路口,透着林间隐约看到时,总抢先大声念道:山明水秀。

…………

大了以后,一到冬天我就变得没志气了,冬眠了倒也罢,却是整日缩在被子里算计下一次出被窝时要到哪里哪里采购些什么粮食。我的脸生来就圆,整个冬天火锅吃下来,两腮各多了一块肉,成了个福嘟嘟的方形脸,我最不喜欢方脸,方脸女子多冷情。

有人爱在夏天里说冬天好,在冬天发誓还是夏天好,天知道在冬天我就说夏天好,夏天更说夏天好,在冬天里,我是连那大话儿都没的气力说了。

最好的时光

朱天心 / 文

那时候，大部分人还在汲汲忙碌于衣食饱暖的低限生活，怎的就比较了解其他生灵也挣扎于生存线的苦处？遂大方慷慨地留一口饭、留一条路给它们，于是乎，家家无论住哪样的房（当然大都是平房），都有生灵来去。

那时候，土地尚未被当商品炒作，有大量的闲置空间，荒草地、空屋废墟、郊区的村旁一座有零星坟墓和菜地的无名丘陵……对小孩来说，够了，太够了，因为那时没太多电视可看，电视台像很多餐馆一样要午休的，直至六点才又营业，并考虑在小孩等饭吃时播半小时的卡通，于是小孩大部分课余时间都游荡在外，戏耍、合作、竞争、战斗……习得与各种人相处的技能，他们且又没有任何百科全书植物图鉴可查看，但总也认得了几种切身的植物，能吃、不可吃、什么季节可摘花采种偷果、不开花的野草却更值采撷，因它那辛烈鲜香如此独一无二，这种记忆终至人生临终的最后那一刻才最迟离开脑皮层。

是故你在树上或草里发现或抓来的一条虫，可把它看得透透记得牢牢，以便日后终有机会知道它是啥。

那时候也鲜有毛绒玩具，于是便对母亲买来养大要下蛋用的小绒鸡生出深深的情感，自己担起母亲的责任日夜守护，唯恐无血无泪并老说话不算数的大人会翻脸在你上学期间宰杀了它们。

那时离渔猎时代似乎较近，钓鱼捕鸟是极平常的事，你们以简陋的工具当作万物中你们独缺的爪翼，与你们欲狩猎的对象平等竞逐，往往物伤己也伤，你眼睁睁见生灵搏命挣扎，并清楚知道那生命那一口气离开的意思，是故轻易就远离血腥戏谑，终身不在其中得到乐趣。

因此你们都不虐待恶戏那流浪至村口的小黑狗，你们为它偷偷搭盖小窝，那蓝图是不久前圣诞卡上常出现的耶稣降生的马槽。焉知小黑狗才不安分待窝里，总这里那里跟脚，跟你上学，跟你去同学家做功课，最终跟你回家，成了你家第三或第四只狗。

那时奇怪并没有"流浪动物"的名称或概念，是故没有必须处理的问题。每一个村口或巷弄口总有那么一只徘徊不去的狗儿，就有人家把吃剩的饭菜拌拌叫小孩拿出去喂它。小孩看着路灯下那狗大口吃着，便日渐有一种自己于其他族类生灵是有责任、有成就之慨。

那时候，谁家老屋顶发现一窝断奶独立但仍四下出来哭啼啼寻母的小仔猫，便同伴好友一家分一只去，大人通常忙于生计冷眼看着不怎么帮忙，奇怪小猫也都轻易养得活，猫兄妹的主人因此也结成人兄妹，常你家我家互相探望猫儿。终至一天决定仿效那电视剧里的情节促成它们兄弟姐妹大团圆,把大猫们皆带去某家,那曾共咂一奶的猫咪们互相并不相认的冷淡好叫你们失望哪!但你们也因此隐隐习得不以人族一厢情愿的情感模式去理解其他生灵。

那时候,人族自己都还徘徊在各种绝育或节育的关口,因此不思为猫们绝育,于是春天时,便听那猫们在屋顶月下大唱情歌或与情敌斗殴,人们总习以为常翻身继续睡,因为墙薄,不也常听到隔邻人族做同样的事、发同样的声响或婴儿夜啼这些个生生不息之事吗?

那时候,友伴动物的存在尚未有商业游戏的介入,人们不识品种,混种,就如同身边万物万事,是最自然的存在,你喜欢同伴家中的一只猫,便追本溯源寻觅到它妈妈所在的人家,便讨好那家的大人或小孩,必要他们答应你在下一次的生养时留一只崽崽给你。你等待着,几个月,大半年,乃至猫妈妈大肚子时,你日日探望……这样等待一个生命降临的经验,只有你盛年以后等待你儿你女的出生有过,所以你怎会不善待它呢?

因此那时候最幸福的事是,家中的那只女孩猫怎么就大着肚子回来了?因为屋内屋外猫口不多,你丝毫无须忧虑生养众多的问题,你像办一桩家庭成员的喜事一样期待着,每日目睹它身形变化,见它懒洋洋地在墙头晒太阳;它有点不幼稚了,眯觑眼不回应你与它过往的戏耍小把戏;它腹中藏着小猫和秘密都不告诉你——那是你唯一有怅惘之感的时候。终至它肚子真是不得了地大的那一天,爸爸妈妈为它布置了铺满旧衣服的纸箱在你床底,你守岁似的流连不睡，倒悬着头不愿错过床下的任何动静。

然后，永远让你感到神奇的事发生了。

那猫妈妈收起这一向的懒散，片刻不停地收拾照护一只只未开眼的小圆头圆耳的小家伙，（你的）妈妈为它加菜进补得像小肉球一样，小猫们两爪边吮边推挤着温暖丰硕的胸怀，是至今你觉得人间至福的画面，你由衷夸奖它："哇，真是个好棒的妈妈！"

然后是小猫们开眼、耳朵见风变尖了，它们通常四只，花色、个性打娘胎就不同，你们以此慎重为它们命名，那名字所代表的一个个生命故事也都自然地镌刻进家族记忆中，好比要回忆小舅舅到底是哪一年去英国念书的，呜，就是乐乐生的那年夏天啦！生命长河中于是都有了航标。

因此，你们可以完整目睹并参与一只只猫科幼兽的成长，例如它们终日不歇地以戏耍锻炼狩猎技艺，那认真的气概真叫你惊服。与后半生捡拾的孤儿猫不同，你日日看着猫妈妈聪明冷静尽职地把整个祖祖辈辈们赖以生存的技能一丝不打折地传授给仔猫们，乃至你们偶尔的求情通融（好比它将仔猫们都叼上树丫或墙头要它们练习下地，有那最胆小瘦弱你们最心疼的那只独在原处喵哭不敢下来，你们自惭妇人之仁地搬了椅子解救它下来）完全无效，那妈妈，以豹子般的眼睛看你一眼，返身走人。

那时候，人们以为家中有猫狗成员是再自然不过的，就如同地球上有其他的生灵成员般理所当然，因此人族常有机会与猫族狗族平行或互为好友地共处同一时空，目睹比自己生命短暂的族裔出生、成长、兴盛、衰颓、消逝……提前经历一场微型的生命历程（那时，天宽、地阔，你们总找得到地方为一只狗狗、猫咪当安歇之处，你们以野花为棺、树枝为碑，几场大雨后，不复辨识，它们既化作尘土，也埋于你记忆的深处，无须后来的政客们规定你爱这土地，你比谁都早地爱那深深埋藏你宝贝记忆的土地）。

种种，奇怪那时候猫儿狗儿们也没因此数量暴增，是营养没好到让它们可以一年二甚至三胎吗？又或它们在各自的生存角落经历着它们的艰险就如同它们历代的祖先们？它们默默地渡不过天灾（寒流、台风）、渡不过天敌（狗、鹰鹫、蛇）、渡不过大自然妈妈，唯独没有（此中我唯一也最在意的）人的横生险阻，人的不许它们生存甚至仅仅出现在眼角。

我要说的是，为什么在一个相对贫穷困乏的时代，我们比较能与无主的友伴动物共存，富裕了，或自以为"文明""进步"了，大多数人反倒丧失耐心和宽容，觉得必须以去除祸害脏乱的心态赶尽杀绝？这种"富裕""进步"有什么意思呢？我们不仅未能从中得到任何解放，让我们自信慷慨，慷慨对他人、慷慨对其他生灵，反而疑神疑鬼，对非我族类更悭吝、更凶恶，成了所有生灵的最大天敌而不自觉。

曾经，我目睹过人的不因物质匮乏而雍容优游自在自得不计较不小气，我不愿相信这与富裕是不相容的。眼下我能想到的具体例子是京都哲学之道的猫聚落（尤以近"若王子寺"处），那些猫咪多年来始终不超过十只，是有爱动物的居民持续照护的街猫而非偶出来游荡的家猫（观察它们与行人的互动和警觉度可知），它们也观察着过往行人，不随意亲近也不惊恐，周围环境的气氛是友善的，没有樱花可赏的其他季节，哲学之道也没冷清过，整条一公里多的临人工水圳的散步道，越开越多以猫为主题的手工艺品小物店和咖啡馆，显然，居民们不仅未把这些街猫视作待清除的垃圾，反而看作观光资源和小区的共同资产。

这其实是台湾目前某些动保团体如"台湾认养地图"在努力的方向，走过默默辛苦重任独挑的猫中途、TNR之后（或该说之外，因这些工作难有完全止歇的一天），欲以影像、文字（如我、朱天文、叶子的系列猫书）、草根的小区沟通（如其实我一直很害怕的里民大会）等营造的猫文化，让喜欢和不喜欢的人都能习惯那出现在你生活眼角的街猫，就与每天所见的太阳、四时的花、各季的鸟一般寻常，或都是大自然最令人心动爱悦或最理所当然的基本构成。

（早于一九八七年，欧洲议会已通过法案，"人有尊重一切生灵之义务"现为欧盟一二五号条约。）

我不相信我们的努力毫无意义。

我不相信，最好的时光只能存在于过去和回忆中。

我的眷村童年

朱天衣／文

从小到大，我待过三个眷村，分别是桃园大溪的"侨爱新村"、台北板桥的"妇联一村"及台北市的"内湖一村"，也就是说，在十二岁前，我整个童年都是在眷村度过的。

在两岁前我是住在"侨爱新村"的，父亲虽已在台北军中电台任职，但却没能分到就近的眷舍，只好每天长途跋涉通勤于台北、桃园之间，有时加班没赶上桃园回大溪的末班公交车，便要徒步两个钟头才能到家，即便有三轮车可搭，父亲也会省下车资，为我们姐妹仨买饼干，有时脚气严重，还是宁可歪着脚板走十几公里回家。那时我还是个奶娃，一切浑然不知，直至后来迁居桃园，常往返这条路，才知道父亲的辛苦。

前一阵子，和两位姐姐回到"妇联一村"去缅怀旧事，以那仅存的几个建筑物为坐标，细细寻觅半个世纪前的往事，上学的路径、打预防针的卫生所、村子周边的小市场，当我们在细数过往时，竟然发现在同一个环境中长大的我们，彼此所记得的却是如此参差，也许是因着年龄的差距、玩伴的不同，所以三个人在成长中汲取的也会不同。

对姐姐来说，"妇联一村"是她们人生伊始，有着不一样的意义，我欣羡她们能记得那么多，且都是连贯的。那时才三岁的我，记忆都是片断的，我只记得那时庭院是以竹篱笆圈围，大家还用公共厕所，煮饭烧水是用煤球炉，马路则以碎煤渣铺就，那煤渣常卡在脚底与木屐间令人生疼，院里种的多是尤加利和羊蹄角，但树都不高。

直到一九六三年"葛乐礼"台风来袭，适逢大潮海水倒灌，上游石门水库又无预警泄洪，位处中游的我们便被滚滚黄水淹没了，幸好水漫至屋檐便打住了，大家还有天花板上的阁楼可躲。是长大后，我才知道原来"妇联一村"所在的浮洲里，顾名思义就是块浮在大汉溪上的沙洲，大水来时不闹水患才怪，这也是之后不得不迁村的缘故。

在这之前，父亲因为是一起来台的拜把兄弟中最早成家的，除了年节，即便一般休假，这些叔叔伯伯都会把我们这儿当家回，再加上文艺圈的朋友不时也会来家吃饭，所以在经济上总是寅吃卯粮。而后却因着这场大水，各方送来捐助金，使我们家的经济状况得到了舒缓，而且因此得以分配到正兴建中的"内湖一村"，也算是因祸得福了。

"内湖一村"是个中型眷村，因为是新建好的，各家都有属于自己的厕所，而且是坐式的冲水马桶，厨房里也开始用桶装瓦斯炉了。配住在此的多是在国防部及情报单位工作的眷属，周围还有大型的"影剧五村""宪光新村""精忠新村"。我们的村子住了九十八户人家，其他村子少说都有二三百户人家，也就是说，在我们眷村外仍是眷村，从我四岁起，就在这范围里活动、在这环境中长大，这让我一直误以为这就是所有，这就是全世界。

在学校，也都是眷村孩子的天下，每值开学要填写父母工作栏时，我们清一色地都是"军"，只有少数"公"或"教"，而本省同学则多是"农""工"，或是一些我们看不懂的职业。在课业上，在那普通话教学的年代，本省孩子在起跑线上便吃了些亏，他们回到家又总有忙不完的农事、家事，而且相较之下，他们的父母也不是那么在意功课，因此，我一直觉得他们是沉默的、少数的、需要特别关怀的。当我长大后看到人口普查数据——外省人只占台湾总人口的百分之十八，算是少数族群时，震惊得不得了，才明白孩提时，自己真的是一只青蛙，而眷村就是供我生长的那口井。

在这几个村子围起来的天地里，间杂有几家杂货店、小面馆、小诊所、理发院，外带一间小戏院、一个小菜市场，生活机能就完备了，无须他求就可自给自足了。即便其中许多店家、摊贩不住在眷村里，也不是外省人，但是当打烊收摊后，他们就自动消失了，我完全不知道他们是打哪儿来，每晚又退回到什么地方，就像电影里的布景道具、临时演员，他们的存在只是为了满足我们的生活所需。

而在眷村里,生活中更基本的柴米油盐则是采用配给制,由专人拉着车送到村里来,每当听到摇着铃铛的声音,便把眷补证、米袋、油罐准备好。我至今记得那眷粮本子的模样,里头用虚线分隔着,写着米面油盐,另有煤代金可领,还分大口小口,一般人家绝对是够吃的,像我们家客人多,狗猫多,每个月就必须向邻居转买些米票,或拿面粉换米,只要别公然交易就好。

有时也会有一些活动摊贩来村里兜售小吃,挑着扁担卖炸臭豆腐的,骑脚踏车卖冰激凌、麦芽糖的,三轮小货车卖的则是饼干,那饼干装在长方形的铁盒里,盒子向外的一面是透明的,可以清楚地看到里面装的是什么东西。为了避免铁盒开开关关饼干会受潮,买的时候是论斤称的,用的是那种拿在手上一根杆子的秤。当时做生意好方便,手握一杆秤就可以走天下了。

不过最受小孩欢迎的就是爆米花了,老板会在村子的广场摆上好大阵仗,我们小孩玩得再热闹,顿时也会鸟兽散,有的回家淘一奶粉罐的米,有的则围在一旁闻香凑热闹,我们家米都不够吃了,当然只有围观的份。大家等的就是那最后一响,"砰"的好大一声,接着就看到雪白蓬松的米滚进铁网里,有的人家就这么吃了,讲究点的会拌上浓稠的糖浆,再压在木头模具里切成一块一块打包回家。这算是小时候比较高档的零嘴。

那时候,大家的生活水平都差不多,父亲们拿的军饷饿不死人,但也好不到哪儿去,日子过得如何,端看这家女主人如何持家，精心些的，便会利用面粉做出各式各样的点心来打牙祭，北方家庭的包子、馒头就不用说了，包着肉馅的饺子、烧卖也都是自己和面、擀皮。我的母亲是土生土长的台湾客家人，兴头来时，也和邻居妈妈学着做面点，芝麻包子、甜咸烧卖都是儿时记忆深刻的面食点心。有时连酒也酿，最常见的是葡萄酒、李子酒，有一次连番石榴都拿来酿酒，记忆中那味道实在不怎么样，难怪会被尘封起来。大概每个人家床底都有几坛这样弃之可惜、食之又不怎么样的酒吧！

后来台湾外销慢慢发展起来，妈妈们便从工厂批发一些手工制品回来贴补家用，最多的是圣诞装饰，那五光十色的灯泡、彩球及彩带，把原本平淡无奇的屋子都点缀得亮丽起来。有一阵子接的手工是在毛衣上绣花，便可看到许多人家里都摆着一个绷架，那粗粗的针线在画了图样的薄纸间穿梭，一朵朵花便这么绽放了。我家妈妈忙译稿、忙打网球，有一阵子还迷上了钓鱼，钓来的鱼也不吃，搁在水缸里养，算是村里的化外之民。为此我很欣羡那些有会做手工的妈妈的家庭，至少她们的儿女可跟着做，赚点外快。

不过，也不是每个妈妈都如此勤俭持家，像我的母亲终年养着一群不事生产、没人要的猫猫狗狗，大概早被划归为异类。至于沉迷于"方城之战"的妈妈也有，眷村里是不许赌博、打麻将的，若有人耐不住性子一定要打，总会在桌面先罩上军毯，再铺上薄薄一张纸，为的是隐匿麻将牌碰撞的声音。我长大后看香港人"乒乒乓乓"地打麻将,总觉得惊心不已。有一次夜半,父亲还在写稿,听到家里狗吠不已,开门张望,只见一个宪兵低声示意,要父亲管管狗,他们正在执行公务。后来才知道宪兵进村子是来抓赌的。被抓到会如何?好像眷补证会被扣点——这是偷听大人谈话得来的讯息,是真是假就不知道了。不过,此事过后,那超爱打牌的邻居,确实收敛不少。

平时,依各家厨房里端出的菜肴,多半就能看出他们来自哪个省份,只有少数眷村情况特殊,成员才会都来自同一个地方,比如整个被服厂搬迁来的山东村、从滇缅撤回的云南村,而其他按军种或单位分配眷舍的,那一定是各省人都有,逢年过节可就热闹了。像端午节各家的粽子口味、馅料、形状都不一样,用蒸还是用煮也各有讲究。我们家除了客家口味的咸粽,还会包父亲最爱的家乡粽——那是什么馅都不添的白粽,吃的时候蘸点白糖,单纯享受它的糯米香和竹叶香。端午当天还要上半天课,中午才能回家吃粽子,不过晨起到校时,每个孩子都会带几个粽子,放在教室的讲桌上,这堆得像小山一样高的粽子,待老师搬回家享用时,就像抽奖似的,永远不知道会吃到大江南北哪一省的风味粽。

过年时,更是每个妈妈大展身手的时刻,家家户户都会拿出压箱底的手艺,做出各式各样的年菜,有的家里挂着一条一条竹竿撑开的大鱼,像旌旗般在风中招展,一走近他们家便可嗅到腐臭的海腥味儿,有的则是捆蹄、腊肉、熏鸡,外加一整套的猪肝、猪头，那猪的表情就像弥勒佛一般令人发噱。我的妈妈则是以客家菜为底，酸笋、长年菜是必备的，再搭配着从其他妈妈那儿学来的各种风味菜，我们家的年过得是分外热闹。

在诸多年菜中，腊肠是一定要灌的，但每家的都不一样，有的灌的是肝肠，也有灌豆腐馅的，有的偏甜，有的咸到打死卖盐的，还有的则辣到令人龇牙咧嘴的，真可说是百花齐放。而且制作过程都得自己来，选肉、切块、拌料、灌肠，乃至之后绑成一节节的晾晒在竹竿上，整个工程烦琐得不得了：每天晨起要把它扛出去，不时还要拿针扎一扎，让里头的气跑出来，太阳下山了又得把它扛回屋里悬在客厅里，一不小心便被抹了一头油。如果碰到阴雨绵绵，那可完了，没几天那腊肠便蒙上一层绿，吃是不吃呢？当然是用刷子刷干净了照样吃咯！

过年对我们这些小孩子可是件大事，那是一年当中最巴望的日子，除了吃不尽的糖果零嘴，新衣新鞋也盼了一整年。那年头每个家庭有七八个孩子是正常的，有的为了生个男孩，已有了"七仙女"还不死心，更甚的"十三妹"都出笼了还继续增产，像我们家只生三个女孩就打住的简直是异数。还好孩子多，除了有国家养、柴米油盐不愁外，连教育费都由政府买单，这大概也是眷村孩子比较热衷念书的缘故。而且无恒产的我们，读书也是唯一看得到的未来。

家中孩子多，自然是能省就省，衣服总是大的传小的，穿到不能穿了还可以剪了做抹布用，若性别都相同，那还没什么大碍，最怕上头是个姐姐，做弟弟的还得捡那娃娃鞋穿，就算把蝴蝶结给拔掉，但那终究是双女鞋，穿到学校是会被笑话的，所以过年时有新衣新鞋穿，可就是件极其伟大的事。我的妈妈在这方面是很细心的，平时偶制新衣，都会为我们姐妹仨一起准备，且是一式一样的新装，摆明了我无须等候就可穿得和姐姐一般美，这大概也是因为我们家孩子少才讲究得起。有的家庭窘迫些，过年的新衣干脆就买制服，既有新衣穿，开学时个子长大了，也不必再添购制服，虽说是一举两得，但看了总是令人心酸。

压岁钱当然也是孩子巴望过年的主要原因，虽然多半时候只能当个过路财神，马上就被妈妈收了回去，但那份喜气仍是令人雀跃。我们家的压岁钱倒是会分些给孩子用，老大分得三分之二，剩下的我和老二一人一半，但家中客人多，这无数个一半加起来还是很可观的。我拿到压岁钱的第一件事就是先买两把玩具枪，左一把右一把好不神气，接下来还会买一大瓶玻璃瓶装的汽水，和玩伴们躲到树林里喝个够。平时就算请客，孩子们顶多能分到半杯汽水就不错了，喝的时候要抿着嘴，像喝烈酒似的享用，唯有过年时靠着压岁钱才能痛快畅饮，但往往喝不到半瓶，肚子便给撑到快爆炸了，这也才真明白了它为什么会叫"气"水。

当孩子们的口袋里或多或少有了些钱之后，便要不安分起来，每年必上演的鞭炮大战于焉展开。我们村子中央是条五米宽的马路，两边房舍呈"非"形排列，因为孩子实在多，平时多是前村、后村各玩各的，井水不犯河水没什么瓜葛。但过年期间，总会有一边先挑衅，随即两方人马便各据马路一头儿开起战来，一时间冲天炮齐飞,大龙炮、水鸳鸯也被当手榴弹丢掷。后来为求准头,把塑料管都搬出来,一人扛着炮在前头瞄准,另一人在后头点燃冲天炮,就像火箭炮似的颇具杀伤力。但这样你来我往,倒不曾发生过什么意外,最伤的是钱包,最后输赢但看哪方财力雄厚,而我的压岁钱每年几乎都贡献在这场战火中了。

平时村里是不让车进入的,老实说那时也没什么车可进来,所以那五米宽的马路完全是我们的嬉戏之处。这条路的两端又有两个广场,一个是载爸爸们上班的交通车停放处,另一个则放了篮球架,供青少年发泄精力,不过有时也会在此放映电影,多是一些黄梅调和美国西部片,只要傍晚广播有电影可看,大家吃完晚餐就会搬个小板凳到搭起的幕布前排排坐。这是大人小孩都开心的事,有时电影不那么好看,我们小鬼便会跫到幕布后倒着看,看得有些头晕了,再乖乖坐回原来幕前的位子。

说到广播,也是眷村的一大特色,平日有什么大事都靠着它告知,除了电影、晚会的预告,要查户口簿、要发老鼠药,以及年前大扫除的清洁比赛,都得通过它广为宣传,连谁家有电话要接也要由它昭告天下,还好这事很少发生,整个村子就那么一部电话,若哪家真被叫到村办公室接电话,还真有些胆战心惊,毕竟没什么好事是需要即刻以电话告知的。至少我记得住在那儿的六七年间,我们家就没被唤去接过电话,好像也没因此错过什么——那真是一个不需要电话的年代呀!

在眷村中最如鱼得水的就是孩子了,一旦进入青春期便躁动得厉害,我们这些小萝卜头完全不明白那些大哥哥、大姐姐发生了什么事，只知道他们变得凶得不得了，偶尔照面总是怒目相向，我们也都知趣地远远地避开他们。尤其是那些大男生常聚集偷抽烟的角落，更是连经过都不敢，而后便会传来他们打架滋事的消息，轻则学校记过、回家被老爸痛打一顿，严重的则被送去少年监狱管束。当时很多小女生暗恋的一个大哥哥，听说犯了抢劫罪，当时台湾还处在戒严时期，结伙抢劫是可以枪毙的，直至我们搬离眷村，都没再看到他，我真的不知道他后来如何了。

功课好的升上中学，一样是翻脸不理人，在家像刺猬般令人生畏，生活空间的拥挤，更加深了那火药味儿。我们家人口算少的，挤在十来平方米的空间尚且有喘不过气来的感觉，何况是那些十来口的人家，简直就像是坐卧在火山口般随时等着爆破。经济条件较好的，就开始有购屋搬迁的打算。

我们家算是比较早迁出的，那时大姐已然高中二年级，每天换衣服都要躲躲闪闪的，因为眷村里是没有私生活可言的，彼此串门子连招呼都不必打，直接就登堂入室了，孩子们更是随时破门而入。所以父亲终于狠下心在台北另一隅，找了个适合狗猫居住的新小区，买了间透天厝。之所以会说"狠下心"，除了经济上的负担，还有更深层的痛楚，因为一旦置产购屋，那就表示要在这南方岛屿安居落户起来，不打算回乡、回老家了。

也差不多在此时，许多还打光棍儿的叔叔，也陆陆续续成了家。是因为返乡无望了吗？因着他们年纪都不小了，也因着种种原因，在择偶时，他们并不挑剔，许多娶的是"梅开二度"，甚至是已有小孩的女子，要不就是身心残疾的女孩，相较于本省人重男轻女的观念，这些"外省兵"都很疼老婆，所以他们的婚姻多半都是和谐的。

从小把我们当自己孩子的叔叔伯伯们，每当有了对象时，一定会带回来给我的父母掌掌眼。印象最深的是其中一位蛙人部队的叔叔，最得我们姐妹仨的欢心，只要一听他放假，我们一定是欢声雷动，因为每次他来家时都会当马让我们骑，还会带我们进城看电影，许多迪士尼的卡通都是他带我们去看的。在我小学五年级时他结了婚，我还代表家里参加了他的喜宴，多年后，这阿姨却因为神经官能症饮药自尽，留下一个女孩，这让我的叔叔伤透了心。当初从大陆来到台湾时，他不过是个二十出头的年轻小伙子，他很爱看书，写得一手好字，又长得高大英挺，帅得不得了。他是直到年过四十才成家的，我不知道他一直不婚，是不是家乡有心爱的人，正如我不知道当他娶妻时，是否清楚这女孩其实一直为精神疾病所苦。后来再续弦时，对方也不是第一次结婚的新阿姨，幸好为他生了个儿子，一脉单传的他，"终于香火有续，不会愧对祖宗了"——这是晚来得子的他，在给父亲书信中的慨叹。

我们是在一九七二年搬离眷村的，那时我小学毕业升初中，告别眷村的同时，也正好是我童年结束的时刻。

我是山东人

朱天衣 / 文

从小填写籍贯时,我写的是山东临朐,常有人问这"朐"字怎么发音,我便很得意自己的祖籍是这么一个特别的地方。但后来听父亲说,临朐是个很小的县城,小到放个屁全县都听得到,这又不禁让我纳闷:山东人可真厉害,放个屁都能惊天动地?毕竟县城再小,一个能贯穿全县境的屁还真是不可小觑。

后来回乡,满以为回的就是那小小的山东县城,哪晓得从南京北上的路,到了苏北宿迁便打住了。这才知道从曾祖父那一辈,我们的家族便已离开山东,来到了江苏境内。但父亲始终以山东人自居,晚年还花了很长一段时间编写了一本介绍在台湾的山东作家的书籍。

自幼在餐桌上常听到父亲谈老家的故事,虽舞台背景有些出入,但不变的是山东乡亲那又直又憨的性情,每每听到父亲诙谐的描述,总令我们母女四人喷饭,比如说他们小时候,每当看到月亮缩到像弯刀时，便会为上面的人叫苦，不知他们要挤到什么地步了，直至月亮逐步现出圆形，他们才大大松了一口气。

至于山东人的"土"，则是把手电筒叫"电棒子"，摩托车叫"放屁虫"，舌头叫"口条"，亲吻便叫"拉口条"。后来我遇到一个山东朋友，就怎么都不肯吃猪舌头，理由是他不肯和猪"拉口条"。这位朋友所住的眷村清一色是山东人，自小说山东话长大，以为这就是普通话，上学时老师要他念课文，他那一口的山东腔，把同学笑得东倒西歪，他却茫茫然不知发生了什么事。

到这山东朋友的家，所有家当似乎都大了一圈，连镜子的摆设都高了一截，因为他们家男男女女都长得人高马大，最惊人的是过年祭祖时供桌上堆得像小山一样的馒头，各个像半个足球大小，上头倒是用红枣滚了花边。他的母亲知道我也是山东人，特意让我抱了一个回家，父亲看了果真如获至宝，即刻抹上他至爱的臭豆腐乳，再佐以大葱吃起来。而那手工揉就的大馒头，足足喂饱了一桌人，这不禁让人想到耶稣基督的"五饼二鱼"。

父亲还说："每当老家有野台戏好瞧，乡亲们便会一手端着稀饭，另外一只手则挟着烙饼又挟着大葱，那面酱呢？无处搁，就只好抹额头上咯！"这段话曾让年幼的我笑翻到桌下去。后来在宿迁老家，没看到额上抹着面酱的山东乡亲，但涂满鲜美臭豆瓣酱的朝牌饼，却成了我的最爱。若能带回台湾，就算要我把臭豆瓣酱抹在脸上我也愿意。

父亲的个头儿娇小，全无山东人的彪悍，我或许因着隔代遗传，倒生得个人高马大，大姐、二姐也紧随其后，父亲说这在老家又有个说法，那就是"下小猪，越下越大"。无怪乎人们一听我是山东人，便点头称是："难怪长这个头儿！"但我贪长这个子，一不会打篮球，二也没练得什么功夫行走江湖，真有些暴殄天物。

虽然我回的老家是苏北宿迁，但我仍以为自己是山东人，尽管我的乡亲是这么憨、这么土，但我仍以身为其中一员为荣呀！

冲水马桶
朱天衣 / 文

记得在我们还未搬迁至"内湖一村"前,父亲对这未来的新家做了一些描述,其中最吸引我们的就是"冲水马桶"了。

在这之前,我们住的眷村只有一个公共厕所,白天上这厕所已有些惶然,一到天黑,这里更成了孩子的禁地。厕所里点的那盏昏黄的灯泡,唯一的功能只限于不让你栽进茅坑里,至于里面藏了些什么、你能看得见什么,就不是这小灯泡能力所及的了。

也因此关于公厕里的各种鬼怪故事,便绘声绘影地在孩子们口中传诵着,其中最经典也最令我惊骇的就是——当你蹲着上厕所时,会有一只手从茅坑里伸出来抓你的屁股。对孩子来说,还有什么比这更恐怖的事呢?因此,若非必要,没有人会在夜晚涉足这令人毛骨悚然的公厕。

还好,每个家庭都备有搪瓷马桶,像我这种年纪小、胆子也小的幼儿,即便是白天也都在家里方便,倒马桶的工作也轮不到我，照理公厕还威胁不到我。但印象中仍有那么一回，约莫是在外头玩得晚了，想上厕所，离家却远，只好就近踏入那恶名昭彰的公厕，即便有姐姐陪着，我仍怕到打哆嗦，那被风吹得摇摆的小灯泡，把四周弄得更是鬼影幢幢，险些让我吓得掉进茅坑里。

所以，我们对新居最大的期盼，莫过于能在自己家安安稳稳地上个厕所。而且这马桶还有冲水装置，也就是说上完厕所，不需要在众目睽睽之下、千里迢迢地拿去公厕倒，而是单只手把一切就搞定了，这简直像变魔术般神奇呀！因此搬进新家第一时间，我们便冲去看那神妙无比的冲水马桶，它那一身净白的造型，果然不负众望，大家争相想上去坐坐，只可惜我这小短腿爬不上去，最后还是父亲为我钉了两个小板凳，一左一右地摆好，才顺利坐上这宝座。

这冲水马桶确实让人们方便时方便了许多，但它所带来的负面影响也不少，首先因为坐姿舒坦，便容易让人久坐，看报、看书入迷以致忘了时间，一些隐疾便应运而生。此外，公用厕所也不宜采用坐式马桶，人人坐过的你敢坐吗？因此，各种"特技表演"便在那密闭空间里开始展演。我听过最惨的是穿着高跟鞋还敢踩在马桶边缘，结果为了上一个厕所摔断了腿。

所以现在在台湾重新又流行起蹲式马桶，一般公共场所若备有坐式、蹲式两种，我一定选择后者，毕竟年岁大了，实在不太适合再摆弄不符合人体力学的姿势。而且每当在使用这种复古的蹲式马桶时，会让人一下子掉回童年时光，而徜徉在旧日氛围的同时，还会好生庆幸，头顶上不再是那可怜且风雨飘摇的昏黄小灯泡。

大水洗礼

朱天衣 / 文

在我三岁时,因"葛乐礼"台风来袭,遭逢了一场大水。据说妈妈当时人正在厨房,听到门外邻居呼喊:"水来了!水来了!"已被停水几天所苦的妈妈,欢喜地打开水龙头,却没看到一滴水,正纳闷着,转头一看,黄水已滚滚地涌进屋子里。慌乱中,父母赶紧把我们姐妹仨疏散至有阁楼的邻居家,想再回家搬些家什,大水却已漫过人高。最后只抢救了家里的Lucky,为了这只家犬,妈妈还险些被洪水冲走,幸得父亲死命拽住,人狗才平安无事。那一夜黄水漫漫,我们一家人分处两地,大姐环抱着我,妈妈则抱着那只黄狗。

后来水退了,但屋里塞满了淤泥无法住人,父母只好把我们三人送到台北的一位叔叔家暂住。也许是因为交通中断无法至火车站乘车,所以避难的人潮都守在平交道边,最后来的竟然是运货的列车,大家抢着爬进车厢中,我杂在人群中慌慌张张地也被送了进去。待车门一关,便漆黑一片什么也看不清,只记得我紧抱着父亲的腿，摇摇晃晃地，惶恐极了。印象中没有姐姐的身影，只有一双双辨不清的腿在黑暗中晃动。

也许是因为恋着父母，住在台北的日子长到没头儿了，后来好不容易回到百废待举的家园，大人没空理我们，我便欢腾得像只小麻雀一样这里跳、那里蹿。人来疯的结果是，一屁股跌坐在还没清干净的黄泥浆里，惹来妈妈一顿白眼。即便如此，我仍是乐不可遏，一场大难后，一家人终于又聚首了。

接着让我更欢愉的是，家里突然冒出了好多的罐头，长大后才知道那是驻台美军捐的泡过水的罐头，我们把它们排在墙角，每当吃过晚餐，就由我们姐妹轮流去选一个罐头。因为外面的包装纸泡掉了，所以全然不知里面是什么，因此就像抽奖一样令人雀跃。最开心的是抽到水果罐头，再来是玉米粒，但最多的就是淡而无味的豆子，那时好纳闷：美国人怎么那么爱吃豆子？

后来那村子到底是无法长住了，于是我们便搬迁到台北"内湖一村"，这里地势高，再无淹水之虞。但在我们下缘的村子就没那么幸运了。每当台风一来，雨势大些，便眼睁睁地看着底下的村民们开始忙碌起来，搬这抢那的，不一会儿漂出一个盆子，再一会儿连马桶也漂出来了。我们窝在窗边，完全事不关己地看这异于日常的光景，只觉得新鲜。唉！孩子是最没同情心的。

许多人的一生，似乎总会和大水结缘，像岳飞，儿时不就曾因大水在缸中载浮载沉？若有幸躲过一劫，日后是不是就会有不凡的表现？曾经过大水洗礼的我，一直是如此殷殷期盼着呀！

孩子王

朱天衣 / 文

我的童年有一段时间扮演着孩子王的角色。

所谓的"孩子王",最重要的就是要有带头冲锋陷阵的本事,大家不敢做的事,你咬着牙也得做;大家敢做的事,你则要做得比别人好。还有,千万不可随便掉眼泪,即便受伤快痛晕过去了,那眼泪也要往肚里吞,唯一能往外流的体液是血,鼻涕、眼泪、尿液都属禁止之列。

比如跳水沟这件事,每隔一段时间,我们便要寻一条水沟来挑战,看自己的腿劲儿是否长进了些。带头的当然是我,这次成功了,下回就找条更宽的水沟试试,但也不是每次都跳得过去,我的犬齿就曾因为一次栽进沟里给崩落了半颗,当场也只能打落牙齿和血吞,堪慰的是,那是条干沟,没弄到狼狈不堪,丢了颜面。

是的,当"王",面子最重要,就算面前突然蹦出条龇牙咧嘴的恶犬,你也要有本事面不改色地呵斥它们,保护自己的"子民"。不过如此这般，久而久之，会让人错觉你是个消防队员，连家里出现的蛇虫鼠蚁都要你去处理。我就曾去一员麾下的家里处理过蜂窝，那蜂窝悬在储藏室屋顶，我穿上连帽的雨衣，那帽子前缘有半截是透明的，往下一拉正好遮住脸又不妨碍视线，便自以为万无一失地拿了根棍子去捣蜂窝，瞬间飞出了十来只蜂在我头顶嗡嗡作响。我抬头想了解一下敌情，不想那雨帽便滑落下去，说时迟那时快，一只蜂看准了我的鼻头，便狠狠地蜇了下来，顿时痛得鼻涕眼泪本能地往外冒，想收也收不住，为顾全面子只好闪进浴室避一避。看到镜子里的鼻头肿得老大，还担心回家准要挨骂了，没想到才十分钟，那红肿全消了。我这五毒不侵的好体质，还真适合当"王"，或者当消防队员也好。

小孩家成天有扯不完的纠葛，谁打了谁，谁骂了谁，谁又偷吃了谁的东西……总之每天都有告不完的状。这些大人看来屁大的小事，小孩家却把它们当天大的事。这时就是"王"出面的时候了，要如何大公无私地处理好这些纠纷，确实考验着"王"的智慧，因为要让各方人马都心服口服并不容易，尤其发生在游戏间的输赢，更要求"王"要具备裁判的专业。

我很庆幸自己曾当过"孩子王"，完全明白享有权力的背后，该要付出的是什么样的代价。因此长大成人后，所有的权力游戏都难以吸引我，我宁可当个化外之民，也别当个劳心劳力的上位者。而且有时就算你做到心力交瘁，也不保证你都做对了，是个好"王"呀！所以，当"王"真的没有想象中的那么好玩。

小时候

朱天衣 / 文

妈妈说我小时候像牛蛙,而且像只公蛙,腿短短弯弯的,常穿着开裆裤,扶着竹篱笆在村子里游走,邻居妈妈们看了都啧啧称奇,不解父母好不容易生了个"儿子",怎么任我在外面游荡。每当我走累了就会自动回家,拍着纱门说:"胎胎门、胎胎门!"要妈妈开门让我进去。门板挡着看不到我的人,妈妈还以为门外低沉的呼唤是蛙鸣。那时台湾治安真好,或者也可以说孩子多到没人捡。

我第一次喝醉,约莫就在这段牛蛙年纪。家里来了父亲的战友,下饭必佐高粱酒,我踱到桌前要吃要喝的,一位叔叔便灌了我一口高粱酒,而那口酒让我乖乖坐在门口,唱了一下午的歌。

在我更小还是襁褓阶段的时候,我是不哭的。妈妈怀着我的时候,父亲调职去台北还没分到眷舍,妈妈只好带着两个姐姐暂时回外婆家住，外公是医生，妈妈除了要在诊所帮忙包药，家事也要分担，怀孕都不能幸免，更别说产后了。忙起来时，就会把我的摇篮车推到树下，我也不闹人，睡饱了就乖乖躺着，躺累了继续睡，即便后来住到桃园眷村，邻居都不知道我们家里有个新生儿，因为从没听过奶娃的哭声。

有时父母晚上要出门，便会发给我们一人两颗话梅，那腌渍后又晒得干干的、红艳艳的梅子很耐吃，我们三姐妹各有各的吃法。我会先用舔的，把外面那层盐巴结晶一点一点地舔干净，再泡到玻璃杯里，等那梅子慢慢染红了水杯，才一口一口喝掉那味道寡淡的梅子水，随即把褪了色的梅子咂干，一小口一小口地吃掉梅子肉，那核也可以咂很久，最后把核给咬开，里头的果仁，吃起来即便一股苦涩也不放过，有时连那硬硬的壳也囫囵吞了。

往往两颗梅子都已入肚了，距离父母回来的时间还早得很呢！于是我就会问大姐："妈妈回来了没？""还没！""什么时候回来？""快了！"接着三五分钟后，同样的问题又来了，大姐依旧很有耐性地给我同样的答案，还好多半时候我会先睡过去，不然大姐铁定会被我搞疯。

有时父母也会带我们出去看电影，看了什么电影，内容是什么，全然没印象，因为多半都是在瞌睡中度过的。印象最深的是，常常电影结束时已到了公交车收班的时候，父母常为了赶那末班公交车，撒腿紧跑，他们一边牵一个姐姐，我则被他们两人悬吊在中间，才从睡梦中醒来的我，两脚悬空蹬着，觉得自己好似要飞起来了。

　　当一家人赶上了公交车，又喘又笑的，欢腾得不得了。那是一九六三年，我们姐妹仨分别是七岁、五岁、三岁，而父亲、母亲也还年轻得不得了，这是我记忆的开始。

小时候的零嘴

朱天衣 / 文

对童年物资贫乏的我们而言，零嘴倒是给我们提供了很宽广的想象空间。孩子们总会趁着大人不在，翻箱倒柜地寻觅各种可以解馋的东西，我们就像一群小蚂蚁，总能靠着一些蛛丝马迹，找到妈妈藏匿冰糖的地方。那透明的结晶体，像钻石般诱人，含一颗在嘴里可以甜好久。如果找不到这极品，便只好舀一勺黄糖充数了，如果连黄糖也没有，那就捏一撮味精解馋吧！

另外，奶粉也是我们觊觎的对象，即便后来当妈了，每次帮女儿泡奶时，老有股冲动，想挖一匙奶粉含在嘴里，回味一下那奶味儿的粉末紧粘在上腭的童趣。若是在外婆家，我们则会像小老鼠一样，跑到医生外公放药的柜架上，搜寻那黄艳艳、酸溜溜的维生素C。这动作危险系数极高，当然得等所有大人都不在时才能下手，所以得手的机会并不多。我听过更扯的是，有人直接就把家里的藏药，尤其是有糖衣的药锭，一颗颗含在嘴里当糖吃，还评选出止咳糖浆最可口。有时想想我们那一代的孩子，能安然长大还真是不容易。

我较嗜咸,所以煎得香滋滋的干乌贼、丁香鱼也会是我偷嘴的目标,有时馋起来,连还没烹煮过的虾米也可以抓一把来解馋。如果被妈妈发现了,总会警告我:"吃这么咸,头发会掉光光。"我从来没搞懂:头发和盐巴有什么关系,所以即便到现在,我有时仍会忍不住抓把小鱼干来解馋。

有时瞅着大人长时间离家,那么我们便会呼朋引伴地在厨房里恶搞起来,有的贡献一点面粉,有的则从自己家偷点糖来,接着加点水和成甜面糊,再起油锅炸成各种奇形怪状的褐色物,就可吃得我们百般欢喜。只要趁大人回来前,把罪证消灭干净就好了。

此外,每当那推着麦芽糖脚踏车的伯伯出现时,不管正玩着什么精彩的游戏,大家也会一哄而散,各自回家寻遍每个角落找铁罐去,只为换口麦芽糖来吃吃。同样是在户外,那野草野花也可以稍解我们的馋劲儿,酸溜溜的酢浆草茎、黑紫黑紫的龙葵果、甜滋滋的扶桑花蜜,都是唾手可得的零嘴,而且一毛钱都不必花。

真正要花钱买的零嘴,反而是充满了危机——像是装在管状塑料袋里,橘到不能再橘、有着浓浓化学味儿的橘子水;还有一种灌在气球里满是橡胶味儿、如糨糊般的不明物体;另有一种腌渍得红到不行的杧果干,连神经大条的妈妈都不让我们吃,但它又是最便宜、我们难得买得起的零嘴,有时放学和友伴们合买一包偷吃一块,瞬间嘴便红得像吸血鬼一样,用袖子擦、用指甲刮,都难以去掉嘴唇、舌头上的那抹红。如此的罪证确凿想赖都赖不掉,这真是令人又爱又恨的零嘴呀!

大锅面

朱天衣 / 文

回想起幼儿园的阶段,只能说是混沌一片,姐姐们的学前教育如何,我当然不会记得。听大姐自述,那段时间是她的耍宝期,居然曾穿着雨靴在课堂上大跳芭蕾舞,这是处女座的她会做的事?好难想象那个画面。二姐则是自闭期,在幼儿园害羞到完全无法表达己见,连被大个头儿男生欺侮,也是保持缄默。

而我呢,则是"三天打鱼,两天晒网",完全不明白上学是怎么一回事,再加上我颇能自得其乐,在家绝不扰人,母亲也就由我了。所以我赋闲在家比上幼儿园的时间多,每次二姐放学看到我赖在家里,便凶巴巴地说:"吼!又没去上课哟!"面对只会傻笑的我,她也无可奈何。

幼儿园生涯对我来说是如此疏离,但不知为什么我还是参加了一项团体舞的表演。因为我读的是海军附设的幼儿园,所以表演的就是海军舞,身上套了一件方形大领的水手装,下面穿的是小短裤,一群小短腿做这样的装扮肯定是可爱的,只可惜没留下任何照片。

还记得我们坐上一辆交通车，被载到一个颇具神秘色彩的单位，又被领到一个礼堂，印象中它是如此硕大而黑暗。那无边无垠的黑，显然滑进了我的潜意识，染指了我幼小纯洁的心灵，以致后来发展出扭曲的性格——非常胆小，既怕黑又怕鬼。嘿嘿，我是在为自己的怯懦找借口。

不过当时真的是黑到像阴历初一的夜晚，黑到像在非洲丛林拍摄土著打猎，也就是说黑到茫茫一片什么也看不到。以至于我完全不知道在台下观赏的都是些什么人，照理舞台上一定会打聚光灯的，但我只记得那黑，漫无边际的黑。

整场舞蹈只有一个动作，那就是随着旋律双手左右摆动，而双脚则是不停地轮替跳跃，不知是害羞还是恐惧，残存的记忆中，就只剩下两个不停上下跳动的膝盖，约莫整场表演，我始终没抬过头。还好这处女秀的经验，没让我对舞台表演产生无可修补的惧惮。

除了这称不上好或坏的经验，对幼儿园仅存的另一项记忆，就是那午餐供应的大锅面，这也是唯一能诱惑我去上课的因素，唉！我这"鸟为食亡"的个性真个是从小看到老呀！我要如何形容这锅面呢？浓郁的汤头里有着虾米、油葱爆香的好滋味，滑润的面条佐着新绿韭菜，真是喷香呀！每当吃完一碗，都好生挣扎该不该去盛第二碗，"家教"和"贪嘴"天人交战着。结果是稍一迟疑，锅便见底了，可见这汤面不只是我觉得美呀！

在幼儿园没吃过瘾，回到家来，努力地和妈妈描绘，但五岁的孩子要怎么才说得清那好滋味呢？果真，妈妈试了几次，就是没法做出那味道来。所以我还得继续回幼儿园报到，就为了那碗大锅面。

回家真好

朱天衣 / 文

我从小就是个在外面疯到不知道回家的野孩子。我永远不明白，在外面玩得好好的，为什么一定要回家吃饭？为此，还曾讨过妈妈一顿打。妈妈从来不会在旁人面前责罚我们，有什么事回家再说，那一次她连续几次唤我回去吃饭，我的响应总是"马上好"，她最后一次出现时态度仍是如此和颜悦色，以致让我完全失去了警戒。等玩伴们全鸟兽散了，我才发现事情不妙了，妈妈的叫唤已遥远到好似前世的记忆了，想也知道回去一定是凶多吉少的。唉！家可真是个令人生畏的地方。

读小学四年级时，班上要好的同学约我到她家吃"拜拜"，这是台湾当地的习俗，村落间隔几年轮一次酬神大请客。这对我们这些眷村长大的孩子来说，可真是稀罕景，再加上她绘声绘影地把那庙会场景说得跟乐园似的，我自然心动了，于是禀报母亲午饭不回去吃了，晚饭也不回去吃了，中午一放学，便和好朋友"长征"回她家去了。

哇！她家真是远，远到早已超过我平日的活动范围，甚至比我带着村里的"萝卜头"们去探险走的路都要远。到了她家，典型的三合院房舍，大人忙着晚上宴客的事，不仅没空搭理我们，甚至神色间还有些厌烦，这和我带同学回家时妈妈的那股热情真有天壤之别。接着她带我走进屋里，没点灯的厢房，即便是正午也黑咕隆咚的有些鬼魅，好不容易摸索到厨房，一屋子食材却没一样可吃的。最后找到两个碗，盛了些冷饭，夹了两块红烧肉，便蹲坐在门阶上吃起来。

她大概也觉得有些不好意思，直说晚上就有大餐可吃了，随即赶紧拉我到庙前看戏。那儿倒是摆了些小摊子，有卖糖葫芦、棉花糖之类的零嘴，戏台上敲锣打鼓地也在唱戏，但正值午寐时间，不仅台下只有小猫两三只，连台上唱戏的也快打瞌睡了。

我踅到戏棚后面，看到几个化了舞台妆却穿着汗衫、花布衣的男女，在那儿抽烟吃东西，哇！让我好生震撼，好像什么东西瞬间幻灭了。那一刻，我突然觉得自己置身在一个陌生到可怕的世界，这儿没一样东西是我认得的，当下很缺德地连招呼也没打，转头就往家的方向走，义无反顾地大步走。那一刻，家变得如此可亲，恨不能立刻回到它的怀里。

当妈妈看到我竟然那么早就回家了，诧异得不得了，好像看到太阳打西边升起似的，而瘫坐在沙发上的我，满足地环顾四周，所谓家的温暖，我是第一次体会到了。

挣来一盒巧克力

朱天衣 / 文

说到台湾的名胜景点,阿里山绝对上得了榜,但我此生只去过一次,还是在极幼的年纪,是全家人和文艺圈的叔伯阿姨一块去的。记得到达时已过中午了,一行人爬着好长一段山路,那石阶一阶连着一阶,好似没个尽头。大人们个个气喘吁吁的,我则凭着金牛座的倔劲儿,一步一步地往上蹬,不时会有擦身而过的大人惊呼:"小妹妹好厉害呀!"这越发鼓舞着我铆足了劲儿攻顶。

最后我们来到了一处好似公园的地方,四野弥漫着雾气,很有神仙洞府的况味。我和姐姐欢愉地奔到一个潭水边,发现潭缘水浅处,布满了黑不溜秋的蝌蚪,完全不怕人地任你触碰,我们用小手捞了一些,任它们在指间游窜。那新鲜的经验和森冷冷的雾气,像梦境一般始终存置在我脑中,这就是我记忆深处的阿里山。

到阿里山是一定不能错过日出美景的,但我们太小了,隔天凌晨大人去看日出时,便没叫醒小孩,把我们留在旅舍继续好眠。等他们看完日出回来时，天都还没亮透，妈妈窝到我身旁想要补眠，却听我呢喃道："我看不见呀！"妈妈哄我："天还没亮，当然看不见。"我又说："我的眼睛张不开。"妈妈这才起身打开日光灯，登时吓坏了所有人，因为我好似戴了个褐色的面具，整张脸都被干涸的血垢给封住了，两处凹陷的眼眶也被凝血填满了，自然是张不开眼，什么也看不见。

原来自我出生，左眼下缘便长了颗痣，这痣随着年龄增加也越长越大，而且不小心碰着了便会冒血，那个夜晚一定是睡着后，不知怎么又把它抓破了，人仰躺着睡，血便漫了一脸都是，时间久了，便凝结成一副像巧克力的面具。

吓坏的大人急急忙忙去街上敲醒人家药局，买了双氧水和棉花回来，一点一点地把我脸上的血渍化开擦干净，很费了一番工夫。整个过程我不哭也不闹，静静地凭大人处置，因此掳获了好几位同行阿姨的心，直嚷着要认我当干女儿。父母向来怕和人攀亲带故的，没当回事笑笑就带过去了。

不想，后来回家隔了一段日子，一个夜晚，当时阿里山之行中的一位阿姨，携了一盒巧克力来，当真要做我干妈，她便是琼瑶女士。第二天醒来，听父母以玩笑的口吻和我说这件事时，我并不很明白是怎么了，但我暗暗欣喜帮家里挣了一盒好珍贵的巧克力。

但在吃完那盒糖，在父母刻意淡化这件事后，"干妈"这名词也自我的童年中消失了。后来那颗痣被医生外公点掉了，记得点痣的当下，即便没上麻药，我也硬撑着没嚷痛，心中唯有些不舍，毕竟它曾为我挣过一盒巧克力呀！

民智未开时

朱天衣 / 文

在女儿十二岁时,我认为有和她谈谈性教育的必要。即便我自己是到了十七岁才懂得人事,但时代不同了,与其让她们同年龄的孩子私底下胡乱揣测,不如提早和她把这些事情说清楚。没想到她劈头就说:"我早就知道是怎么回事啦!幼儿园老师早给我们看过那些影片啦!"唉!还是落得个老土妈妈。

十二岁时,我都在想什么?印象中是曾和死党们谈过类似话题,不过我们关注的是"小孩是如何生出来的"。这话头一开,可真是百家争鸣、无奇不有,有的说是从胳肢窝冒出来的,有的说是从排泄器官里出来的,也有说是从肚脐钻出来的,更扯的还有说像孙悟空从石头蹦出来的、垃圾堆里捡来的。唉!那时民情保守,做父母的有时碰到孩子较敏感的"十万个为什么",还真必须发挥一些天马行空的糊弄本事呀!

不过,有时真理有可能会夹杂在这些混沌不明的天马行空里。记得在我们小学三年级时,一个同学如神谕般对我们宣告:

"我爸说地球是圆的。"此语一出,众小儿郎莫不发出惊疑之声:"地球是圆的,那为什么地是平的?""如果地球是圆的,那我们是住在球里面,还是球外面?"……一个问题扯出更多的问题。

后来经过各方求证,终于确定地球是圆的没错,而且我们还都住在地球表面,哇!这光景一想到就令人头皮发麻,好像一不小心,人就会从光滑的球面跌落下去,虽说有什么地心引力拉住我们,但如果没注意蹦太高,会不会就飘出地球表面了呢?吓得我们这些皮小孩安分了好一段日子。

后来又听说,在地球我们的正背面便是美国,那是有巧克力、五爪苹果、可乐汽水,好似天堂的地方,于是我们又突发奇想地认为,只要从台湾钻个地洞,不停地往下挖,总有一天,我们一定能到达美国。于是每当朝会晨间检查蹲在地上时,便会看到包括我在内的几个小孩,像地鼠一样地在操场上勤力挖掘,我一直相信,只要抱持着革命百折不挠的决心,总有一天会让我挖到那似天堂的国度。

最近看了一部《黑衣人3》,剧情就和登陆月球有关,美国人登陆月球这件事对中国人来说真有些煞风景,从此中秋赏月就变成一件很别扭的事,若还对着那凹凸不平的球体吟诗作赋,不是有点傻吗?若还坚持月宫中住着玉兔、吴刚和嫦娥,似乎又有些自欺欺人。所以这月赏还是不赏,着实令人踌躇,也许民智未开未必是坏事,至少它提供了我们无穷的想象空间。

辑二　四季桂

之一・姐妹仨

如是我闻

朱天文 / 文

读到明代一位女伶楚生,描述她是"深情在睫,孤意在眉",当下怅然不已,这样必定是一位冰雪聪明的女子,而就隔了几百年的时光再也没有见面的可能了!然而眼前有人,同样的深情与孤意,她是我的妹妹,朱天心。

我们二人都写文章,又被封为"文学世家",其实真是世俗不过的家常姐妹过日子。譬如"来来"打折,闻风跑去抢购,在一百块钱五条内裤的摊架上,被那些星星小孩粉彩系列的颜色和图案撩得意乱情迷。集邮似的天心买了三百块十五条,天衣五条、我五条,为怕混淆不清,同花色的错开穿,"今天你打什么牌?"遂成了那一阵子我们的新话题。

天心事事沾身。她总是比我知道得更多:家乡楼的菜精致,爸爸爱天津卫的地道北方面食,飞达的黑森林蛋糕,嘉义市的水果,Pierre Cadin(皮尔·卡丹),《连环套》里霓喜吃的杏脯在沅陵街五块钱一包就可以买到,"嗒嗒嗒"奔上楼告诉我她看到的一只镶土耳其蓝石的尼泊尔锡镯,眼里激闪的光辉仿佛一个热恋中的女孩在谈她的男朋友。乃至我认为根本不足挂齿的苏洪月娇之辈,她会大早起床读了报之后气上半天。影评她佩服焦雄屏写的。她喜欢东欧体操选手们似羚羊似鹿的体格,也可以一脚踢得又高又直触到客厅日光灯的仿水晶坠子,她且多识花鸟虫草之名。

她是深情于现在这个世界的,声色犬马,她爱。似乎这个世界回报她的也比别人多——起码,她的书好卖极了,而且维持多年排行榜不坠。

同为创作者,会格外地惊心,同样是那个天寒地冻的晚上,我们去芝麻百货买礼物,她却买出了一篇《主耶稣降生是日》。一天坐车经过国际学舍,看见红砖路上一个女学生,头发直直地到腰际,手染麻布衫裙邋遢地挂一身,肩背一只布褡,平底皮色凉鞋使她看来有如赤脚,像是《热与尘》里那位痴迷印度文化的英国女记者。而配合她那一身装扮的是股还不至于到颓废——或者说是"倦怠"的程度——竟也自成一种气氛和魅力。令天心才进家门便跟我忙不迭说起,三两笔素描,立刻此中有人、有事、有时间空间,呼之欲出。这就是后来关琳(朱天心作品《台大学生关琳的日记》女主人公)的前身。

史蒂文·斯皮尔伯格的片子她都看,看完*E.T.*,我才在想着难怪*E.T.*畅销全球,大小通吃,它的确是每个人曾经有过而已忘记,或是还没忘记而永无实现可能的童年之梦,让好梦成真。那种暑夜仰望浩瀚星空的神往,想飞的念头,史蒂文·斯皮尔伯格替我们都实现了。那场单车追逐最终腾飞，骑过夜晚大圆月前的一大串人影儿，连我也不禁拍手叫好，感动得掉下眼泪。恍然大悟，原来天心的书大家爱看，纵然"学院派"，也不得不暂且搁下他们的学术，而面对一次也许自己亦不屑承认的只是一份单纯的感动。

走在人潮汹涌的电影街上，天心挤到我身边耳语："你不要跟人讲，我觉得我很像史蒂文·斯皮尔伯格。"虽然她说的"像"，意指像史蒂文·斯皮尔伯格的羞怯、神经质，以至于微微的自闭症倾向。史蒂文·斯皮尔伯格在好莱坞是有名地怕水、怕坐电梯，我可以历历如见史蒂文·斯皮尔伯格不幸乘电梯时他脑袋中的瞬息万变——包括好比遗嘱中要把剧本手稿留给谁——正如天心每次下车回家经过一段公墓时，总把十个手指甲紧紧攒藏在拳头里。何以如此，或许我们能从《有人怕鬼》这篇小说中寻得一点蛛丝马迹。所以某日看到《民生报》，一则报道，说神经质的人易于成就事业，而自闭倾向实则是天才的某一表征，我是当然见怪不怪的了。

《维摩经》里描写天女散花，花不沾衣，那样出尘清明的境界令我心为之折。可是偶遇一句：

"沾衣不足惜，但使愿无违。"

啊！这个不更好！

姐姐

朱天心 / 文

做完礼拜我陪姐姐去逛书店,走在大风中的红砖路上,我总是习惯地要时时护着姐姐,不让她被行人撞到或是被路上的洼陷坑到。听妈妈说,很小的时候,姐姐是个疯丫头而我不,可是只要在外头玩,我总是时时要保护姐姐,不准人欺负她。现在的姐姐则不是疯丫头了,她长得极古典,白白的瓜子脸,眼睛大大黑黑的,眉毛微微往发鬓飞去,小小红红的唇像菱角。她对人情世故最是无能,在人与人的场合里,她简直是个幼稚可怜的小孩子,要人一步一步地教和小心地呵护。但在学问和文学的领域里,我又要趴着仰脸看她说话了,我喜欢她说话,虽然也是这个那个虚字一大堆,但是都说得对。

妹妹

朱天心 / 文

那日正在家中忙事情，蓦地接通电话，自称是某某医院，说是有位朱天衣小姐刚被辆大卡车撞了，现正在急诊室中，要家属赶去。

朱天衣就是我妹妹，她长得与爸、妈、姐姐、我都很不像，光个子就足足一米七零，瘦也瘦，却仍是北地女儿的骨架子，一头长发及腰，脸孔极似"漂亮宝贝"波姬·小丝，因此不时有人找她去演戏或当模特儿，她却在台北工专念到四年级休学，老老实实每天跋涉到华冈向梁秀娟老师学京剧，比人家正牌京剧组的学生都勤恳、有心得。

今年年初，我和妹妹接掌出版社的发行工作，妹妹是会计，我的名衔是业务经理，经营方式由过去的中盘发行改为与书店直接往来的小盘做法，外县市由朋友或外务员负责，占全台湾书市四分之一的重庆南路则由我们自己跑。

由于深知此工作与过去学生生涯里的各种活动都不一样，绝没有可轻疏浪漫的退路，两人只要一出门办事，总是刻意打扮得老十岁，一开始还颇像那么回事，人前一副老道世故极了的样子，可是只要谈成了或收了账，便开心得立时撑不住笑脸地赶忙加紧脚步出书店，才一闪身而出，便放声痛笑一顿，笑够了再重戴好面具到下一家去。

久了到底被识破了，遂认了一街的叔叔、伯伯、大哥、大姐，两人也成了重庆南路上有名的"三三小姐"。有时图凉快，穿着短裤、球鞋，戴着草帽去送书，惹来一家家的欣羡不已，一口咬定我们是才从海边回来刺激他们的。有家的会计小姐极苛刻，有事没事常常无故拖延收账，她做得也高明，不多赘言地笑笑，摸弄我们的衣服、头发，夸今天穿得漂亮，问鞋子是哪家买的……女孩子是一触到这类话题便顿时一同跳脱乏味无趣的现实生活而掉入一个繁华迷离的世界不能自拔，想想收账之事老弄得不了了之，是不能全怪她的。

火车站对面一家大书店的经理先生也很好玩，三十出头非常能干聪明的人，却是对付不得女孩的，忘了当初他是怎么被我们说的，答应保证我们半数的书可打入台面，其实在做发行工作之前就一再提醒催眠自己商人是重利轻义的，也没奢想那经理先生凭什么要对我们确守他的保证。但几个月来，他却一直忠实办到，反倒我和妹妹得寸进尺起来，偶尔一见台面上少放了几本，便一搭一唱地对他打起官腔来，弄得他当场红透了脸，满面惭遽，我和妹妹这也才猛然惊觉自己的泼辣强悍。

却道我们的泼辣强悍其实也没那么彻底的，两人跑了差不多了，便收工去沅陵街的摊贩市集，啃片十块钱的西瓜，解了渴再站在路边吃一碗鱿鱼羹米粉，有时也捧着碗筷追随摊主人逃躲警察。

我平常是极大方、肯花钱的，唯独跟妹妹一起时变得很小气，也实在是妹妹这个幺女儿天生福气，比较不用知道家计艰辛，所以如流水的花钱方式很叫我叹为观止和生无名火。我和妹妹幼时情深过于姐姐，但成长的年岁里却不宁静了很多年，说是手足情浅也不是，因为家里父母子女的感情一直就是轻简的道德传统重过血统的亲密。为这些，我自责过很长一段时间，因为自己一向对人对事大方，唯独不亲悦自己的妹妹，后来方醒悟原来她个子太高且时时比我懂事，完全不是该比我小的妹妹。姐妹三人里，姐姐是最俭朴的，与她一道时，我变得极爱花钱，不是买包蜜饯就是路边买个小玩意儿给她，哈哈一笑觉得自己是她男朋友，或许妹妹与我一起时的爱花钱，也是一样的心情吧。

一回两人要去政大谈桩生意，妹妹骑"跑速乐"载我，迎面的大风里，我凑在她耳边大声嘱咐，要她待会儿一定要坚持七折现金，即使是学生开的书店也不得通融。话还正喊着，我们被一辆擦身疾驰的摩托车给碰倒了，还好我们的车速不快，在地上拖了几米便止住，两人还趴在地上便急喊一声对方的名字，知道没什么大碍，便只顾把才新买不久的"跑速乐"扶起来，心疼地检查看它有事没事。肇事的是个男学生，自己身上的外伤不比我们轻,一拐一拐地前来道歉,我和妹妹当然要他尽管照顾自己为要,但也默契地递一张名片给他,希望他的愧疚之心能延长到书店里看见我们的书时不忘记买个几本。妹妹这回的车祸竟又是如何呢?我接到电话的当场,整个人冷凝掉了,连嘴也麻得问不出话,只心中匆匆一恸,这回是没人在后座急问一声"没事吧?!",然后两人一起扶起车子来,和对方放心地相视一笑,是共患难的最佳拍档啊!那一刻倒在地上的妹妹,是多么孤单啊!结果此回的车祸妹妹又是完全没错,是路上一卡车司机与公交车司机吵架,气愤之下猛地倒车欲撞公交车,这一血气和贸然便生生撞到正沿路边老实骑车的妹妹。我相信是父母平日做人的积善积德,那样一个怎么看怎么逃不过的劫难,妹妹竟只割破了小腿,另就是腹部猛地撞到车龙头上。照了X光,有肠子移位的现象,现在还在住院密切观察会不会有内出血。

这样一场事情里,忽然让我忆起极多幼时与妹妹相处的事。好比我初中三年级时,妹妹上初中一年级,家住内湖,上的是和平中学,天天要转两路车上学。妹妹那时正猛蹿高,与我齐齐一般高了,公交车上面贴面挤着说话,惊觉与她讲话竟是平视的,十多年来的第一次如此生疏的经验,非常不习惯。两人却也像一对共患难的小兄弟,放了学必须留校自习一小时,她也在廊下乖乖地等我,然后两人饿极了地挤车回来。

一次妹妹感冒了,发烧得厉害。不能上课,我独自一人去上学,替她去班上请了假,还不心安,上着课,发神经地胡乱想着，妹妹可能就是这一刻病死掉了，想了一天八小时下来，就觉得已经是事实了，一人在回家的公交车上猛掉眼泪，却又仍存一线希望，在松山饶河街口换车时，巴巴地找了一家糖果店，用午饭省下的钱买了一包妹妹当时最爱吃的掬水轩柠檬夹心糖。

怀着一颗惴惴的心到家，妹妹果然没死，还正好端端地看电视呢！我把糖果拿给她，见她孩子气地笑起来，而这一天我的遭遇，是不会有人懂得的。

苏轼有一首《和子由蚕市》的诗写得极好玩，子由是他的弟弟，诗长不全录，起首两句是这样："蜀人衣食常苦艰，蜀人游乐不知还。"——这写的是我和妹妹的重庆南路与沅陵街之行；又有两句仍说的是一回事："闲时尚以蚕为市，共忘辛苦逐欢欣。"再有两句是："忆昔与子皆童丱，年年废书走市观。"丱就是小儿总角，我和妹妹到现在天热的时候仍是扎起两支高高的马尾的。下面两句是"市人争夸斗巧智，野人喑哑遭欺谩"，说的是我们重庆南路上的那些叔叔、伯伯、大哥、大姐。收尾两句是"诗来使我感旧事，不悲去国悲流年"。

的确是诗使我感旧事，但是我尚不及悲流年的，因为我们都正当年少啊。且妹妹秋天就要结婚了，最是如花美眷，似水流年。我等着她三两日后康复了，我们好一起去重庆南路上串门儿讨债，做一对永远不许人世沧桑拆散的最佳拍档。

姐妹仨
朱天衣 / 文

姐妹仨·之一

我何其有幸有两个姐姐,又何其不幸有两个如此优秀的姐姐。

这两句话大概可以概括我整个童年的心境。父母是从不过问我们学校成绩的,有时别人问起我们读几年级了,母亲总要思索好一阵子才答得出来,在这种几近放牛吃草的管理下,我的表现差强人意,而两个姐姐的成绩不仅永远是班排第一、校排第一,还常代表学校参与各种比赛,每当我听到广播她们又得到台北市什么比赛首奖,我便知道回家又有奖品文具可分了。

这些事在我们家是起不了波澜的,父母从不拿它们说嘴,只当是极平常的事,所以在家我应该是不会感受到一丝压力的,姐姐也不会拿这些事压我,我们该吵的事照吵,我该忤逆的时候也没少过。不过,记忆中大姐和我似乎连口角也没发生过,除了年龄相隔大些，也和她与世无争的个性有关。而和我只差两岁的二姐就没那么平静了，想想也怪不得她，早在我还未读幼儿园时，便和她结下了梁子。

我还是小短腿的年岁，曾做过一件很蠢的事，一日心血来潮，居然扛着炒菜用的油桶去浇花，大人回来后发现了质问我们，面对盛怒的妈妈，我本能地摇头否认，而另一个受质疑的对象二姐，虽也矢口否认，但妈妈却选择相信看似老实的我，而不相信平日鬼灵精怪的二姐。当时只有我们两个在家，所以究竟是谁干了这档子事，我和二姐最清楚。自此，是我心虚也好，或真有其事也罢，我老觉得背后有一双锐利的眼睛在盯着我。

那时的厕所是搭在过道上的，天黑上厕所本就令人发毛了，有一次二姐居然在外面把灯给我关掉了，这真是令人愤恨不已。一直想逮机会报复回去，但精得跟鬼似的二姐哪可能让我逮着？后来一次瞅着大姐上厕所，我依样画葫芦地把灯给关了，第一时间二姐不知从哪儿跳了出来吼道："你为什么关大姐的灯？"我本能回嘴："那你为什么关我的灯？"二姐更凶地怒道："可是她没关你的灯呀！"我突然开窍道："那我也没关你的灯呀！"看着二姐哑口无言愤愤离去，我不禁为难得打了一场胜仗而得意，而那与世无争的大姐则完全无事地继续在黑暗中上她的厕所。

不过我和二姐发生最严重的冲突，至多就是扯着彼此的辫子、头顶着头僵持着，而且仅此一次。平日的口角也就是："你是猪！""你才是猪！"如此无限循环地斗嘴下去，而金牛座的我坚持最后一只猪必须出自我的口中，因此这毫无意义的争执，想必常把二姐搞到发疯。

二姐升上六年级后，被选上学校指挥，每当朝会时，她会站在司令台上指挥大家唱校歌，站在台下的我就老有些不驯，为什么一定要听她指挥呢？于是我便胡乱唱了起来，有时故意低八度或高八度，或者用歌剧的唱腔鬼哭狼嚎一番，满以为身为班长站在行列之外，没人会发现，终于有一天，身旁的高个头儿男生忍不住发问道："班长！你在唱什么？"哎呀呀！真是丢脸丢到家了。

因为有着天才般的姐姐，因此常让我做出难以想象的蠢事，这句话似乎也可概括我的整个童年。

姐妹仨·之二

以西方星相来看，我和大姐都属土象星座，二姐则是水象双鱼，我们各自长大成人后，这土和水的本质就越发明显，若不是有二姐在中间发挥水的糅合功能，那么我和大姐约莫会像是两堆土疙瘩，难有搅和在一起的机会。大家平时各忙各的，全靠二姐提醒这个生日、那个发生了什么事，连第三代我女儿的事，也在她记挂范围内（很不幸的我的女儿、二姐夫也是土象星座），她就好像一个黏合剂，把她身边这些人全黏合在一起了。

二姐这个性在小时候的我来看，简直就和个管家婆一样，常弄得我心浮气躁，有一段时间，我们一同洗澡时，她便逼着我背唐诗宋词，从李白的"床前明月光"，到李后主的"春花秋月何时了，往事知多少"，记得背到最后一句"恰似一江春水向东流"时，我是怎么也记不起来是什么水，河水、溪水都不对，那会是什么水？二姐气得赏了我一顿暴揍，怒道是"春水"。"春水"又是个什么东西？约莫也把我搞到恼羞成怒了，我们的诗词教学就在这摊春水中画下了休止符。

后来要升初中的那个暑假，二姐严正地警告我，要开始读英文了，不然升上中学会死得很惨，她排定每个早晨帮我恶补，从最简单的字母认起，但那两个月的假期，是我最后的童年，哪可能浪费在ABC上头？每天吃完早餐的我便像脱缰野马般在外厮混，头两三天还会看到她站在家门前死盯着我，那眼神像利箭一般射得我背脊发寒，这让我更是没命地逃个无影无踪，后来约莫她也觉得孺子不可教也，便放我去自生自灭了。

其实她不把我盯得那么紧时，我们在一起还是有很多快乐时光。她会领着我去偷喝父亲放在玻璃柜里的样品酒，那一套只有十厘米高的迷你瓶子里装的是货真价实的各式酒液，高粱、乌梅、绍兴、五加皮应有尽有。我们不时地把它们携到外头，当着所有玩伴的面一口一口抿进嘴里，看到玩伴们目瞪口呆的模样，便乐得不得了，其实酒哪会好喝，但我们仍乐此不疲地继续这个游戏。

二姐很聪明，她为了不让大人发现，会用水或茶填充回去，还能完全配出酒的原色来，因此从头到尾，父母都完全没发现那二十来瓶的样品酒早被调了包。后来我们都成年了，有一天陪着父亲小酌时，忍不住指着那排看似完好的小酒瓶，抖出孩时的劣行，父亲失声道："哎呀呀！"事隔二十年，似乎也只能是这样的反应了。

姐妹仨·之三

我们姐妹仨其实是很不一样的，不仅相貌体形大不相同，连个性嗜好也相差甚远，这应当和父母的宽松政策有关，或可说他们是完全尊重我们三人自由发挥，也才会同一个家庭、同一种性别，却发展出如此不同的三个人。

就举头发为例吧！在我们还小，发型决定权还归母亲所有时，一律是"马桶盖"伺候，就像日本卡通人物樱桃小丸子的造型。后来大到可以自理了，便都蓄了长发。每天晨起，二姐会一边读报，一边自己编麻花辫；大姐则是到了学校自有同学为她编辫子；而我呢，是每周洗一次头才打理一次，也因此除了星期一之外，我的头发永远处在毛毛躁躁的疯婆子状态。

在吃方面，大姐的口味较随和，而我和二姐都各有坚持。在水果中我最爱的柿子是二姐最厌恶的，我觉得无滋无味的西红柿，二姐却视若瑰宝。为此我们俩曾达成协议，吃柿子时，她那一份给我，换作西红柿时，我的则给她。但很不幸，这两种水果产季不同，随着相隔时间拉长，这缺乏白纸黑字的口头约定，很容易因着某方选择性的失忆而毁约，这时总不能叫那已吃下西红柿、柿子的人，隔了一季还把它吐出来吧！

此外，在享用美食时，我们三人的方式也很不一样。大姐是点到为止、绝不贪多；二姐则是以最快速度吞进腹中，且能吃多少就吃多少，像是酸到能倒牙的红肉李，她一口气就能吃下一大钵。而我呢，总喜欢把好吃的东西攒着慢慢享用，像吃橘子时会一瓣瓣吸吮，吃柿子时，总会把脆脆的、我称之为舌头的籽留到最后，若是吃柚子还慢慢磨蹭，就必会惹来二姐的觊觎，因为这文旦柚可是她眼中的极品。

一次吃柚子时，约莫我又在那儿穷磨蹭，二姐终于忍不住过来打交道："我们来玩卖东西的游戏。"她居然会主动找我玩，而且还让我当老板，真让我受宠若惊，接着要我把柚子肉剥开一小堆，一小堆排排好，她则找了些小纸头作为钞票，扮演顾客，把我的柚子收购一空。这游戏玩了两三年之久，直到有一天，我当完老板，眼睁睁看着二姐吃着我的柚子时，我才发现这游戏不太好玩，因为我手里握着的钞票一点用也没有。

长大成家后，我老在乡野山林居住，每次回台北，二姐总会带我去吃她新发现的美食，要走时，也大包小包地让我拎回家慢慢享用，她永远知道我爱吃什么。"糊弄人是要付出代价的！"前后算算，这本账我真的是赚爆了。

姐妹仨·之四

虽然我们姐妹仨是如此朝着不同的方向各自发展，但每当需要枪口对外时，我们倒是团结一气、抵抗外侮。记得一次领着刚学会骑车的二姐在外游荡，不想与一群恶霸男生狭路相逢，他们约莫是看我们只有两个人好欺负，便左右包挟、别我们的车，我的技术好，还撑得过去，但回头看到二姐歪歪扭扭已快跌下车了。

情急之下，我跳下车，紧抓住为首那个男生的龙头，怒斥道："你们要干什么！"那吼声直比张飞在桥头把敌将给吓到摧心破胆吧！顿时把那些恶霸给喝跑了。再回头看二姐时，她的小腿肚已给刮出道血痕来，当时又气又痛，眼泪不听使唤地滚了下来，我才知道自己贪长这大个子，原来是为了保护姐姐的。

此后，每当要抵御外敌时，我们便发展出一套模式，由我领头往前冲，姐姐在后面献策，以我的块头和她那超高的智商，真是无往不利。办出版社时，大姐挂名发行人，二姐是总经理，我则是负责管账的会计，每次要和经销商或书店谈生意时，姐姐总会先面授机宜，再由我出面，这样的合作无间总能谈到极好的条件。

而和别人吵架时也是如此，一次为了维护外公的权益，和三舅对杠了起来，每当我骂到词穷时，二姐便会在后面提词。她的点子，加上我这大嗓门，逼迫着平时耀武扬威的三舅也只能在屋子里逃躲！据说后来外公的评语是："这两个女生真怄！"就是客家话好凶的意思。

不过我们姐妹联手也有失利的时候，一年元宵节，我们嫌提灯笼、执火把太老套，于是决定装神弄鬼来吓唬友伴们，由大姐扮鬼，把长发披散了，耳际学京剧里的女鬼挂上两束白花花的长纸条，再穿上爸爸的黑雨衣，站在我们夜游提灯笼必经的坡坎上随风摆荡。

这鬼戏上演时，却全乱了套，那晚我和二姐一前一后压着队伍朝大姐那儿走去时，别人还没吓着，我和二姐的心脏已快受不了了，因此在还没到达约定地点时，自己便已乱了阵脚惊吓道："鬼！有鬼！"随即一堆小萝卜头跑的跑、跌的跌，好不容易屁滚尿流逃到路灯下，询问的结果是，没有一个人看到"鬼"，包括我和二姐。

大姐那方的描述是，她站在崖头上喂了一阵子的蚊子，好不容易看到一列歪歪扭扭的灯火朝她走来，还没等她伸出舌头、前后摆荡，便听得一阵鸡猫子喊叫，全跑得无影无踪了。所以说，我们忙活了一下午的计划，除了我和二姐，一只小猫也没吓着，这是我们姐妹仨联手难得失败的作品。

之二・四季桂

拔牙

朱天文 / 文

雨天里跟爸爸去拔牙,一把黑伞底下是我们父女俩,人家都说我长得像父亲,可是有关于父女之间的种种,要到最近两年来,我才突然发现了似的。而为这个发现感到甜蜜和哀伤,是因为我长大了,爸爸年迈了,岁月教我懂得了自己的儿女身。

爸爸常常跟人讲起我小学一年级拔牙齿的勇敢,连牙医叔叔都惊赞,让爸爸一定要带我去买苹果吃以作为嘉奖。爸爸学着牙医的那语气:"一定要去买哦,不可以骗小妹妹哟……"学着便呵呵笑起来。个把月前,爸爸的二十八颗牙齿,分三次拔掉了二十四颗,这次去是试戴新装好的假牙,顺带拔我一颗臼齿。

坐在华新牙科的客厅里,喜爱它这里没有陈列那些可怕的牙齿模型或图片,乳白的皮沙发,木质家具,乳白的墙壁上挂着风景油画,一口镀金挂钟,都在充足的日光灯下显得非常愉悦,近乎百货公司橱窗的那种发光的明亮。诊所在里间,若不是有一股刺鼻的药味儿,实在不觉得此处是一所牙科诊所。我望着纱门外一片大芋叶,黄昏细雨中,亦如雨打芭蕉,愁杀人。雨光之外,听得见忠孝东路大路上市尘嚣嚣,一辆卖面包的小发财车铿铿锵锵地播放着流行歌曲驶过门前。我真欢喜,在这样一个乱世,有这样一刻与这样一席之地,容我感到亦当惜之。

医生开了六颗消炎药,半截金黄半截大红色的胶囊,先吃了两颗,余下带回家,扔在橱柜上便忘了。夜晚十二点,爸爸叫我起来吃药,并嘱咐清晨也不要忘了吃。以前爸爸对待我们并不这样细致的,当下令我起了不敢之情。爸爸晚间写稿,上午总睡到十点起床,第一件事就问我可吃了药。我朗朗地答说吃光了呀。爸爸骇道:六颗药怎么吃光了?询证一番,原来先吃两颗,以后一次一颗,而我都当作两颗拿来吃掉了。

"你当是吃花生米啊!"从爸爸责宠的眼睛里,我好像又看到二十年前那个年轻的父亲,带着他的拔过牙齿的女儿去买了一罐掬水轩糖球。

素读《八二三注》

朱天文 / 文

父亲的《八二三注》从一九六六年春开始写,至十一万多字全部毁弃,然后重写至二十七万余言,又全部推翻。于一九七一年春再度启笔,历时四年半而以六十万余言完成。

托尔斯泰写《战争与和平》写了六年,父亲那漫长的十年里,我年纪还小,是小学四年级从板桥搬到内湖,高二搬到景美,父亲才有了写作的环境。以前连更早在桃园时,客厅兼卧室兼书房,一张大床,客人来就成了座椅,靠墙一面五斗柜,柜上一架老收音机,我们经常头挨头地贴在机箱上听崔小萍、赵刚、白茜如的广播剧。临窗的书桌即父亲写稿的地方了。从小父亲凡写稿时母亲则严禁我们吵闹,我和妹妹在大床上安静地玩耍,玩玩大声起来了,总被母亲呵斥。周末、节假日母亲带我们去网球场玩,或者到铁道的高坡上采蕨菜,父亲即在窗前写上一个长长的上午和下午。《铁浆》《狼》与《破晓时分》就是这么写出来的。

至内湖父母有了自己的房间，也才有了两张像样的书桌。比邻并坐，父亲写稿，母亲翻译，像两个很要好的小学生一块儿做功课。那时开始写《八二三注》。三百字稿纸不打草稿，很少改，整洁得似誊清的稿子。所有这些底稿全部推翻之后，厚厚高高的一大摞，也不留存，背面的空白我们抓来订成一本用来做计算、画娃娃头，母亲登流水账，又或包糖果饼干。上课无聊了，我常把计算纸翻过来读原稿，没头没尾也看得意味盎然，回到家就去翻那上下文看，缺页缺章亦不以为有憾。我初读《八二三注》便是这样拆碎了七宝楼台，但至今印象最深的几节仍是当时这样颠倒读来的初稿。

偶尔想起来不可思议，也许百年后这些稿纸都是价值连城的，且拿红学家说，曹雪芹的一片信笺都比发现了新大陆更是大消息呢。父亲曾戏言过，将来我们三姐妹出嫁，也没有嫁妆，要不就一人给一部长篇原稿吧。父亲写《八二三注》也巧，因为母亲的生日八二二，我的八二四，笑谓：为母女二人作注。

给爸爸的信

朱天文 / 文

父亲节,报社的编辑要我写一封信给爸爸,但我是连偶尔跟爸爸下了公交车走回家的一段路上,如果只有我们两个人,默默听着皮鞋"叩叩叩"地敲在柏油路上,我都会感到生涩极了,觉得路好长好长,多么盼望途中能出现救兵解围呢。

不过这大半个夏天,我却在爸妈的冷气房里,借用妈妈的书桌,和爸爸共用一个窗户、两盏台灯,一起写了好几万字的东西,都是在赶剧本。

我写着,停下笔问爸爸:"'biē'是怎么写呀?"爸爸永远知道我要的"biē"是哪个"biē",在草稿纸的空白处书了一个又大又明白的"鳖"。诸如"龟""蝇""瘪"此类的字,实在太古怪丑陋了,在我的脑海中,它们全是一族,令人头痛,而爸爸总是求一奉十地写给我:瘪三、蹩脚、别扭、憋气,我发誓从此牢牢记住:敝足(蹩)脚,敝心(憋)气。当我想探头看看爸爸写的故事时,爸爸便笑斥:"去去,没什么看头的。"不像我,写完一篇文章，定要巴巴地请爸爸过目，让爸爸用铅笔在错别字的那一行下面轻轻地打个小圈，改过之后，才放心地投出。

多半时候，爸爸对我写的东西不予置评。如果正坐在沙发上阅读，我会假装无事地在客厅走来走去，倒烟灰缸呀，给花换水呀，把凳子从这里搬到那里呀，偷窥爸爸的眉色之间是凶是吉。

爸爸看完把稿子给我，我连好坏都不敢问，尽管把错别字或技术犯规的地方一一订正。订正完，没话，那就是这篇完蛋了，自己叹一声："好烂哦！"见爸爸温和地笑笑，仍不言，就够我去闭门思过几天了。如果不错，爸爸就会指出缺点说明。如果很好，爸爸倒会不好意思起来，我才敢问："怎样啊？"通常爸爸只是笑笑，说："好啊。"好在哪里，也不说，却够我欢喜地去读了一遍又一遍，觉得真的是好的。

所以有一天，一位常常来我们家的大家的好朋友，忽然单独给了我一封信，我拿给爸爸妈妈看，也只是给他们看。爸爸却说："你是不是要考虑一下？"当下叫我惊诧不能言。妈妈在一旁说："你这样不适合婚姻，能有一个像他这样的人来照顾你，的确蛮好。"我这才蓦地发现自己原来一直是他们的女儿的，他们也跟世界上所有的父母并无两样，要为女儿的终身大事操心了。

我还无法习惯爸爸跟我谈到这些。就连上次一个读者来向我推销保险之类的东西，是子女为父母的健康保的险，大概五十岁至六十岁每个月交四百元，万一发生事故住院，公司可每天提供医疗费三千元，云云。无论如何我根本不愿接受，只差没有愚蠢地骂出："什么，你咒我爸爸住院！"等那人一走，我就把他留下的表格数据劳什子全都扔进垃圾桶去了。我心中很动荡，有一股哀哀的无奈，不再是对他，而是对日日成长的我以及日日老去的爸爸。

去年，曾经十天之内，爸爸满头雪银的白发忽然掉得一根不剩，我们给爸爸照了几张光头照片，笑说将来头发长出来时要持照勒索他，如今又是银发似雪的爸爸，或许正像隔夜井水汲尽了，晨起时又满了新泉，源源不绝。

旧历年，爸爸不知从哪里翻出一个炭炉子，除夕夜一家便围着炉子烤年糕，满屋的炭烟和焦香，爸爸连连叹息："这才像我们老家过年，这才叫作'年味儿'。"入冬围炉，我们的炭炉可是一直围到四月，用来烤香肠夹蒜吃。我有时隔着纱门看见爸爸在院廊底下拣新炭，搬进屋来摆在茶几上，细细地生火，"嗞嗞"地烤，想着：有生之年，我们是要回到老家的。到底，要写给爸爸的信我还是没有写成。

山花红

朱天文／文

　　妈妈喜欢白茶花，冬天院子里的茶花开时，妈妈每天剪一枝两枝来插，客人离去妈妈也要剪一枝相赠，不管人家是男生，爱不爱花，都赠。因为她自己喜欢，好像全天下的人理所当然都应该喜欢。古人惜花、爱花，于园中捻红丝为绳，密缀金铃系于花梢之上，每日鸟鹊翔集，就令园吏掣铃索以惊之。我的妈妈却拿剪子，咔嚓！咔嚓！叫我在旁心惊胆跳，发现白茶花的端凝气质，都叫妈妈的热闹性情破坏啦。

　　我一岁的时候，妈妈曾以我的口气记下厚厚的一本日记，当时的妈妈比我现在还小五岁，年轻的人妻、人母，其实还是下班回来会在院子里泥地上赤了脚玩跳绳的大孩子，妈妈这样写着：

　　大大又开始上班了，家里剩下妈咪和我，为不使妈咪感到寂寞，我做了很多怪相来逗她，结果妈咪笑了，说我是她的丑丫头、小老头儿、歪头盔和歪小妞。

妈咪好热又好急，听见她说："天啊，只要允许我扇扇子，给我一杯冰的柠檬水，我简直什么都可以牺牲！"已是不止一次了，这使我遗憾地感到实在不应该在这么一个大热天来到世上，不过我可能也将跟妈咪一样好热好急，因为你瞧，我的脸上、脖子和臂弯里已长满痱子了。

哦，那是多么奇异的事，我居然也会做梦了，尽管那只是一片毫无次序和明确的形象，然而已足够使我脸上的表情成为大大和妈妈的笑柄了。

很乖地睡了一整天，下午大大休假，又为我画了一张歪头盔的侧脸像。大大曾是很爱画画的，可是多年来他不再有那种心绪了，我真愿意我的来临能复燃起大大心灵深处那艺术的火焰。

晚上大大一人去看《暴雨晴天》，这要算是第一次，因为我，大大和妈妈将不能再一块儿欣赏电影了。我同妈咪躺在床上听雨唱歌，雨越下越大，没有人给大大送雨衣，他怎么回来呢！

脐带掉了，助产士嘱咐妈咪把它保存好，妈咪说要珍藏起来，好让我有一天可以把它赠送给我心爱的人。也许有人觉得很可笑，但妈咪认为对于自己所钟爱的人，即使是一束头发也是珍贵的。然而多遥远可笑的事儿呀——我心爱的人！我想妈咪简直太罗曼蒂克了。

妈咪被允许可以轻轻地扇扇子了，我听见她高兴地说："我的天，助产士没有比今天更讨喜可爱了！"

助产士最后一次来替我洗澡，不，是来看妈咪的实习，因为她必须学会替她的孩子洗澡。我可怜的母亲，自从上次助产士告诉她今天必须由她做给助产士看的时候开始,便发愁了,甚至紧张得做起梦来。妈咪没能够像挥动球拍那样熟练地运用我的洗澡毛巾,可以说,她是毛手毛脚的。我真相信要不是助产士在旁督导和协助,妈妈一定把我扔到水里,我的嘴里也会灌满肥皂水了。

表婶带二表哥来看我,表婶婶说我猛一看像大大,细看起来又像妈咪。我真高兴,因为这是第一次有人说我像大大,大大再不能拿妈妈开玩笑了:"嘿,没一处像我,真可疑哟!"

火星距离地球最近的日子,肉眼可以看得见,可惜我不能出去看,大大同妈咪都出去看了,很美,很大,红红得像一颗宝石。

指甲太长了,大大和妈咪用毛巾把我喜欢挥舞的臂膀罩起来。他们说我是在演木偶戏而笑开了呢。但我毕竟把脸抓破了,妈咪就将我又长又细的小指甲剪短。多情的妈咪和大大还为我准备了一个大瓶子装指甲用。

嘿,我会打呼了。多么骄傲的事!据我所知,人总要长大以后才会打呼的。大大却大笑我:"粗里粗气的,成什么女儿家。"啊!女孩子家!妈咪不是说过"越野越好,人要顺其自然",而顶重要的,有一天我不也要穿上五十磅的行当,骑在马背上,驰骋于西北的原野上吗?大大真是小家子气。

大大学校里送别聚餐,所以妈咪很早便吃了晚饭,抱我出去散步,有那么多神奇的事物呀,我看到所谓绿色的植物和蓝色的天,我喜欢蓝天,那么广大、深远,有一天,我要大大帮我把它掀开,看看那蓝色的大帐子后面究竟藏着些什么东西。

今天是中秋节，天放晴了。去年秋天，是妈咪在外婆家最后的一天，这一天，四叔叔隔着院墙替妈咪接运她简单的行囊。我没法想象妈咪这一天是在怎样的一种兴奋、紧张、不安中度过的。多快啊，已整整一年了，那时我在哪里呢？

入秋了，也许是秋风，使妈咪记起来她的火车通学时代，我听她整天叫嚷着："好想坐火车啊。宝宝你听，汽笛又响了，我们坐火车到世界的尽头，到没有人在的地方好不好？"

妈咪大腌其萝卜干，从前在王生明路住时，妈咪喊邻居蔡家叫作萝卜干太太，现在自己却成了萝卜干太太了。

大大在为圣诞节的墙报忙，编、写、画，都是他一个人，够辛苦的了，妈咪总希望能够帮更多的忙，但也只是剪剪图案而已。我真希望我有大大的那一套，至少我也须把字练好，将来大大和妈咪写的东西我可以代他们誊写，当然我能有他们俩共有的文字天才那是再好不过的，人往往不能在他有限的人生当中完成他全部的理想，是要靠后代来继承的。

我会翻身了，躺在床上同妈咪聊着、玩着。

昨天妈咪应三铁皇后之邀去高雄打球，今早起来浑身酸痛得走路都变了样子，真可怜的妈咪，许久为着我都不曾打球了，我多对不起她。

铃铃跑掉了，可能已成了香肉，妈咪从班上带回来的小狐狸也死了，小虎的命正克，一连串的不幸使妈咪痛苦地叫着："哦，我以后再也不喂小动物了！"

妈咪重拾起笔杆写文章了，都是我害得妈咪离开了她的文学和网球。我总想给妈咪省心,可是人好像总要服从一个天然的法则,像我这么大,什么都做不了自己的主,我的一行一动完全是违反我自己的好主意的。

我已能分辨出我的亲人同别人的脸了。我最怕赵妈妈,每次她逗我,总是拧我、骂我,并且把我的帽帽拉下遮住我的眼睛,每次一看到她我就禁不住要哭,她想用她的奶哄我,我不干的,虽然我很饿,也知道任何人的妈妈都没有像妈咪那样适合我的奶。

护士说可以蒸蛋给我吃了,可喜的消息!到今天我还是个不食人间烟火的婴儿呢。

牧叔叔真窝囊,谈恋爱还要人家帮忙,把大大、妈妈硬拖去跟他的女朋友打网球,结果人家也没去,害得大大和妈咪白跑了一趟,累惨了。

妈咪开始写《没有炮战的日子里》,是应征单位征文比赛的,本来是大大构思的故事,也是要由大大写的,不过那成了欺骗的事,所以到底决定由大大把故事讲出来,妈咪写。天气很冷,大大和妈咪躲在被窝里写东西。

啊!我要生牙齿了,一家人都为这个高兴得什么似的,不过大大说了很丧气的话:"也许不那么可高兴,有牙疼的条件了。"那是因为他的牙齿很坏,妈咪为着我的牙齿,拼命地吃钙质的菜蔬,像炸鱼、豆腐之类。

高雄青年杯网球赛的日子,疤子叔叔、大大,还有我一起去,我由翁妈妈推着娃娃车到高雄县政府球场去替妈咪声援。妈咪参加凤山A队,都是男人的,获得第四名,我们动员了全家,只除了小虎,结果换来一条毛巾。

　　前年的今天,妈咪从花莲球赛之后到凤山军校来看大大,那时候两个人还一点表示都没有呢。然而那一次却使他们俩都深深陷进痛苦的绝望中,他们不知道今生还有见面的日子没有。可是两年后的现在,我已经是快八个月的孩子了。晚上,我们三个人散步的时候,他们一直在谈着这些回忆。

　　妈咪说,我要做姐姐了,小弟弟将叫作幼宁。

　　我不会忘记茶花开时,妈妈把插好的花瓶摆在饭桌上,与一碟碟残肴在一起的白茶花——那就是我的妈妈呀!

吾家有犬

朱天文/文

一件令人感伤的事,朋友的孩子到过家里一次,回去后闹着还要来玩:"妈妈,我们去毛毛家好不好?"毛毛者,一鬈毛灰黑老大。人家说小孩的眼睛是雪亮的,之于我家竟然见犬不见人,岂不哀哉!客人初次来访,电话里告诉他几弄几巷几号,倒不如告诉他:"你下了车只要问狗最多的那家就行啦。"如今狗名在外,而且远播,为其所累大矣,久矣。

毛毛这家伙,是我们自养狗以来,唯一的一只所谓洋狗。洋狗有洋狗的脾气,毕竟出身不同呀。第一,它不喜欢大自然。比方我家后头有一座荒山,早晨傍晚各放一次狗,逢到假日全家上山遛狗,只看它们一群大大小小奔驰在大自然的怀抱中,享受着田野无比的新鲜空气与自由(注:此语出自各种旅游杂志),独不见毛毛斯犬斯影,原来它不是宁可在屋里的茶几下的老位子趴着睡觉,就是候在隔壁吴祥辉家门口等骨头吃。

第二,它非常势利。它是向来不屑与它的同类打交道,攀的是人的交情。此可见于它被封为我们朱家的"礼宾司长",专管送往迎来——迎,它不吠你;送,管保它亦步亦趋送你到车站去,直到车来、上车、车开了,只差没有向你挥别呢。

母亲对狗的疼爱,如果朝最好的方面演绎,或许可以演绎为《齐物论》,天地一指也,万物一马也。将马改成犬就行了,当然我这是笑话。但我已久不问狗事,见母亲数十年如一日,不分聪明愚笨、美与丑劣、贤与不肖,一律泛爱,可谓"无差别智"也。母亲的天真和太阳般的热情,竟使得这些四条腿的行路动物,一一都有了它们各自的名字和个性,以及生气的、快乐的、忧伤的面貌。母亲常常说:"啊,奴奴在笑。喏,那大王不好意思了。"虽然我怎么努力来看,它们仍然注定了只是一个头颅两只耳朵一条尾巴的——母亲说:"我们家阿狼不能说它是狗哦,它会伤心的。"

人家有托儿所,嘿,我们家倒成了"托狗所"。

曾经有条唤作"丫头"的小花狗,大概是久闻朱家食客三千,朱妈妈礼贤下士,所以想来投靠门下,无奈盘查了数日不得要领。最后它采取的是条苦肉计,就是躺在每天上午卖菜的发财车底下给压伤了一条后腿,母亲把它抱回疗伤,遂得以登堂入室,而终至并列于众犬济济之中,成为三朝元老。举一反三,约莫可知我家这班的身世由来了。

说起三朝元老,现尚存的是一只唤作"奴奴"的高腿公犬,已八岁高龄,所幸生得一张娃娃脸,看来只有实际年龄的三分之二大。它的本事是惯用嘴接石头,百接百中,被誉为最佳捕手,至今宝刀犹未老。排行榜第二名的毛毛,自始至终没有人知道它的年龄,因为它来时就已那么大,不见它老过,也不见它年轻过。我怀疑它是某个山洞里修炼成精的老妖怪。

想想母亲实在不得了,她除了照顾这一群四脚动物(还有编制内的七八只猫,以及每逢喂饭时结党而来的一干编制外的),包括向鱼贩交涉鱼(狗吃的鱼),煮一大锅狗饭猫饭、洗澡、抓跳蚤、排难解纷(例如叮叮抢了咚咚的骨头,双双占了单单的床铺),还得喂饱我们一家五口,外带《三三集刊》和"三三书坊"的数字青年,以及法定假日时突击而来的满座高朋。然后还要翻译文章,参加合唱团,碰到区运市运时逃不掉被拉去参加网球赛。天啊,换上任何主妇都要崩溃的,而母亲只像小孩的精力用不完似的。我常想如果母亲把这养狗养猫的时间、精神和力气全部腾出来的话,呵,那是足足能够发射两部航天飞机上天的!

最后一点要说明的,如果哪一天某位访客光临寒舍,假如母亲说出这样的话来:"糟糕,还没吃吧——没关系,我们还有一些狗饭。"请你不要误会了,这人饭、狗饭之别除蓬莱米、在来米外,都是淘洗三遍之后用电饭锅煮出来的。而且母亲实在是视狗如人——千真万确,这并无半点讥讽之意。

妈妈

朱天心 / 文

早上起来,阳光艳艳,山上的树木摇得起劲,正是陶陶孟夏兮,草木莽莽。

看到妈妈一人在厨房里忙,我又不禁做那好久没做的事,门里门外地跟着妈妈打转,两人同时抢话说,谁也没听谁。趴在灶台上与妈妈聊天的时日好像是好久以前的事了。长大以后,我爱叛逆,便是与妈妈都这般。偏偏我又遗传了妈妈的火暴性子,急起来时,我竟会说:"哎呀,你可是跟我讲讲理啊!"气得妈妈摔下锅铲哭着找爸爸去,我还不识相地追着去:"你看嘛,你看嘛!"但是最爱妈妈的也是我,我常注意台北市哪家西点店的泡芙最好吃,我们还一起坐在阳光的树下替小狗、小猫抓跳蚤,岁月真是悠长。

妈妈有时比我们还小,看她比手画脚急着笑着与我说话,真是幼稚!她会一边剁着肉一边唱轻骑兵,炒菜时再换个拍子慢些的歌。她会说:"今天啊,我跟奴奴、单单三个人坐在山上唱了一下午的歌。"奴奴和单单是家里最受宠爱的两只狗。

此刻我看妈妈正兴高采烈地说下星期要去台中赛软网的事,我不禁也兴致勃勃地插一句:"下个月我要补考数学哪。"妈妈仍兴冲冲地继续她的话,娃娃脸红扑扑的。我晓得妈妈对我们的学业一向没什么概念,她若能记得清三个孩子各在读几年级就很不错了。妈妈在新竹女中玩了六年,大学联考因为数学零分而没能进得了大学,我常拿这作为把柄为自己的数学找借口,此时我仍不减兴,兴致勃勃地再添一句:"补考不过可要留级。""啊!"总算有些反应了。"还没有啦,是补考。""哈,那就好。"妈妈松了一口气,接下去唱着茶花女的饮酒歌。

看看妈妈,看着看着不禁笑起来了,想到《史记·张仪列传》。张仪被楚相诬以盗璧之名而挨了一顿笞,回到家中,被他的妻子怨道:"嘻!子毋读书游说,安得此辱乎?"但是张仪谓其妻:"视吾舌尚在不?"其妻笑曰:"舌在也。"仪曰:"足矣。"张仪的妻子是深深宠爱她的丈夫的,而司马子长是个极有闲情的人。此刻我也笑起来了,高高兴兴地上着楼梯,觉得自己可似那张仪。总有一些东西留着的,总有一些东西留着值得我笑着过日子的。

他们俩

朱天心／文

《他们在岛屿写作》系列三纪录片中的《文学朱家》拍摄工作已大半年，剧组频频向我们索讨家庭相片，最好有我们幼时父母怀抱我们的老照片，因父亲走了二十一年，母亲两年，"传主"的影音素材实在太缺乏了。

其实何须找，我凭记忆就知是搜罗不到他们想要的那天伦照片，因为老相簿中半世纪前的黑白照片里，全是母亲抱着猫或狗，一旁次第蹲坐着也抱着猫或狗的三岁、一岁的天文和我。

早说过，这一世我来这家时，家庭成员就不是只有父亲、母亲和姐姐天文，而是还有比我早加入他们的猫大哥、狗大姐在。

母亲爱狗，她刚满二十岁偷偷离家奔赴父亲之际，最舍不得的是家里的德国狼犬莎莎。

所以并没有一张别人家都有的母亲抱幼孩儿的老照片，我这么告诉剧组，连万分之一的幽微哀怨都没有，只是感到要他人了解并接受这事实有一点为难。

父亲爱猫，不少他的受访照中膝上总有酣睡的猫，多年前访问过他的曹又方还描述过他在访谈中唯恐打扰到沉睡中的猫而如何小心翼翼变换久坐的姿势。

（我后来也发觉喜欢狗的人，较开朗、阳光、较自我；喜欢猫的人大多是艺术创作的人，本身不比猫儿不孤僻，喜欢观察并欣赏那完整独立、叫也叫不来的野性生命。）

因此妈妈总是连买个菜也可以带只市场里讨生活的小孤儿狗回家，爸爸也总有同事友人这只那只的小猫塞来。（唉，还没给猫绝育的年代，简直不知该说是幸福还是悲惨），那也别说我们姐妹仨了，更是理直气壮不时放学路上拾只小狗小猫回去。

我曾在一篇《最好的时光》中写过："那时人们普遍贫穷，却不怎么计较它们的存在，总会留一口饭、一口水、一条活路给无家的它们。"

当时的他们俩，年纪小过我现在最要好的年轻友人，他们以微薄的薪水和稿费，养三个小孩、一堆猫狗、更大堆的单身友人，从不见忧色。（多年后，我听老一辈的叔叔伯伯们和与我们同辈的友人常说，那时周末去朱家打牙祭是贫穷年代上不起馆子的最大乐事。）

到现在，我仍然想不清楚，到底年轻的他们俩是把那些还没成家的友人和对文学抱着诚挚崇高梦想的年轻学生，也当成流浪猫狗吗？或是把浪猫浪狗们也当成友人，二十四小时不歇地永远敞开门欢迎光临。

那时我们住的内湖眷村，客厅连餐厅只四坪*不到吧，阳春的沙发通常是狗狗的床。客人来了，瘦的、不怕狗的，就打商量与它们挤出个小小一席之地；有那怕狗的、个子大的叔叔伯伯，我们只得暂时请狗狗下座，我记得那时他们常争论到面红耳赤（现代诗论战？）。洛夫叔叔突然说"这阿狼长得好，笑嘻嘻的"，殊不知坐他前头经常握手的阿狼，是向他讨位子（位子下挖了个洞藏了老骨头），后来我们把有同样笑脸的阿狼之子送给了洛夫叔叔家，他为小狗命名为"奴奴"。

痖弦叔叔在爱荷华国际作家工作坊的那三年，桥桥阿姨想念他时就来我们家探看一只名叫包包的狗，桥桥阿姨说包包那对双眼皮甚深的自来笑眼"跟王庆麟一模一样"。

显然地，我们姐妹仨都无法也没能够承继他们的这种不计后果、不求回报、不设防、不设限的热情慷慨，姐姐天文、妹妹天衣各有不同的理由，我只负责说明自己，也许我没有宗教信仰，无法像她们俩和上帝一样"让阳光照好人也照坏人，降雨给义人也给恶人"，我不愿意将感情虚掷给不值的人，我在意且计较并勤于分辨好人与坏人、恶人与义人，深以为若对"坏人"一视同仁，那要拿什么去对待"好人"呢？

因此我们变得日益孤僻，加上同屋的谢氏父子都是阿斯伯格

---

* 1坪约合3.3平方米（用于台湾地区）

星人，乐得一个人都不理，有时我和天文会感叹（通常是又在文中写了刻薄寡恩的话）"哇，我们把祖产都花光了"。

说的祖产是他们那宽厚待人所积累的他人对我们的善意温暖和容忍。

我们真成了十足的不肖子孙，子不似父之谓的"不肖"。

至于那"祖产"，是从小父母说不止一次的"你们将来的嫁妆就是念书，能念到什么地步我们都会想办法"。这观念是上一个世纪初山东农民的我爷爷对姑姑们说过的。（没嫁妆？哎，这我们望望藏着阿狼宝藏的破沙发和家徒四壁，倒也看得出来。）

大约十年前吧，我们正在里内如火如荼地做"街猫TNR"，后山坡的小区林×大道，一对刚被我们结扎的三花姐妹好亲人，常常躺卧在小区开放空间的花坛、人行步道上，讨居民喜也讨一些居民说不出理由的嫌，便有住委会副主委女士，不顾我们几番沟通说明（我们是本市"街猫TNR计划"的示范里，姐妹已结扎、剪耳、除蚤、打狂犬病疫苗、志工干净喂食……），执意下令小区警卫抓了它们，装箱、封死，幸亏有另外熟识我们在做TNR的杰克警卫紧急通知，我们在他们要处置姐妹猫的前一刻抢下，先带回家。

当晚，和天文赴一个老友预订的聚餐，没想到席上有老友结识的新友人带着一干女弟子前来，新友人是美食界师父，女弟子们跟随他这几年吃遍国内外美食。那晚，他们正津津乐道即将前往的西班牙或法国的哪一家米其林三星，我和天文心底挂着抢救下、命运未卜的姐妹猫，恍神着至格格不入，些许恍神的还有美食师父,他自信的饮宴谈笑之间,一定大惑不解为何一切如常却收服不了我们。

如今的姐妹猫,是我们家最稳定不怕生的"公关猫",任何生人来都不跑,还会寒暄社交,只是太胖了,是它们当街猫时被喜爱的小区居民初中生割爱喂了太多盐酥鸡所致,天文有一篇写它们的《从萝莉塔变成小甜甜布兰妮》为证。

至于我们呢,依然过着那"不知它们俩今天还活着的话,会如何看待我们"的生活。

父亲小时候

朱天衣 / 文

从我"认识"父亲开始，便知道他是一个作家，也是一位老师，也因此理所当然地认为他一生下来就已是谆谆儒者风范，其实并不是如此的，他小时候不仅皮，而且还特皮，爬树、捣蜂窝、逃课，男孩该捣蛋的一件没少。曾为了捅鸟窝，把鞋子给抛上树，又为了救那只鞋，被自己掷上去的砖块重击到脑门儿，还好父亲有铁头功护脑，没让文坛缺失了一名作家。

奶奶生父亲时已年过四十，这年龄在当时早可抱孙了，所以不是件值得张扬的事，但亲朋仍来贺喜，都说爷爷不知要多疼这么儿，脾气耿介的爷爷说他偏不疼，后来果真说到做到，父亲印象中，是从未被爷爷抱在怀里宠溺的。父亲因此和奶奶特别亲，五岁上学堂回到家来第一件事，就是搬个小板凳放在奶奶身前，大家都夸他孝顺，会搬凳子让娘坐，哪知道是他自己要坐，坐定了解开奶奶衣襟赖起奶来，就算笑翻一群人也没关系，因为赖奶最重要。

父亲上头有两个兄长、八个姐姐，因为年龄悬殊，所以和哥哥没太大交集，狗猫嫌的顽皮年纪过去后，便常在女孩堆里混，因此娴熟各式女红，后来我们姐妹仨的家事习作常找他捉刀就是这缘故。

爷爷思想开明，男孩女孩一视同仁，只要肯读书，他一定鼎力支持。每当开学交学费，村里人都不明白那一麻袋一麻袋的钱砸在女孩读书上有何意义，爷爷却摆明了说："我们家女儿是没有陪嫁的，唯一的嫁妆就是文凭。"后来姑姑们也都争气，不管嫁得如何，都能独立自主不依赖人。

可是父亲开窍得晚，孩时看不出会是读书的料，为此开牧场的爷爷便试着让父亲养牛，没想到父亲净喂上料，使得牛只长肉、不长骨架，养得肥嘟嘟、圆滚滚得像只猪一样，真是令人头疼。后来好在给当老师的六姐领到南京去，才展开了不一样的人生。

我常在想，如果没有多事的人多嘴，父亲会不会是一个被父母宠坏的幺儿？就此成为像贾宝玉般养在深闺的贵公子？或者因为有养牛的本事，而接了爷爷的衣钵，成为一个牧场主人？不管是前者还是后者，都不可能来到台湾，认识我的母亲，再生养我们姐妹仨。所以我真庆幸爷爷不宠父亲，而父亲也有本事，把一头牛养得像猪一样。

香蕉

朱天衣 / 文

香蕉似乎在两岸间扮演着很微妙的角色。

刚开放探亲回乡时,听到表哥笑着说我们台湾同胞是吃香蕉皮长大的,不禁令我哂然。我们台湾同胞倒真是吃香蕉长大的,因为那是最便宜的水果,或许因为小时候吃得太多了,以至长大后碰都不想碰。在我们家若是看到谁在吃香蕉,就会万分同情地说:"哎呀!你怎么沦落到吃香蕉了呢!"这对住在纬度较高的人来说,或许有种身在福中不知福的慨叹。

我有一个充满开拓精神的商贾外曾祖父,早在二十世纪初便已从台湾销售香蕉到大陆了,但香蕉是不耐久放的水果,以当时的海运来说,运到彼岸时,就算没坏,那果皮也一定发黑到毫无卖相,这生意没做成可让他扼腕不已。而事隔不过十来年,他的孙女婿、我的父亲,却好幸运地在南京买到一串货真价实、台湾出产的鲜黄香蕉,这大概是拜空运所赐吧!若我的外曾祖父不是因为中风四十多岁就谢世了,这香蕉买卖他是一定不会缺席的。

父亲读过杭州艺校，念的是美术，他很早就发现自己无法成为一位画家，继续学下去至多只能成为一位画匠，因而转换跑道走上笔耕创作的路。但他美术的基本功还在，每当学期开始，我们姐妹都会把新书、新作业簿搁在父亲的书案上，他会用仿宋体字一笔一画地帮我们把名字、班级、座号给写好，而碰到较难的美术作业，我们一样会请他捉刀。我最头痛的铅笔素描，经他两三笔润色，一个大圆饼顿时成立体球形，像变魔术般神奇。

而他还在念杭州艺校时，暑假都住在南京我的六姑家，还曾到电影院打工画巨型广告牌，而拿到的第一笔薪水，就是帮他的母亲、我的奶奶买了好大一串台湾来的香蕉。我记得父亲说这段往事时的欣然，我想他的开心除了那是一串好难得的硕大亮黄香蕉，还因着那是他用人生赚来的第一笔钱孝敬他的母亲。

后来没隔两年，他便随着青年军来到台湾。有时我不禁会揣想，那串香蕉是否也是父亲唯一亲奉奶奶的机会？当他踏上这南国之岛，放眼看到一串又一串黄澄澄的香蕉时，心底是什么感触？尔后一次又一次吃着这水果时，奶奶的身影会不会浮现在他脑海呢？因为从离开南京后，父亲此生就再也没见过他的母亲了。

国恩家庆

朱天衣 / 文

我父母的结合可说是一则传奇,我的父亲是一九四九年漂洋过海从大陆来到台湾的"外省人",母亲则是在台出生长大的客家人。那时"二二八"发生不久,省籍的隔阂,让这两个年轻人交往已不是易事,更何况要论及婚嫁。在如此氛围下,我的父母又是如何相识相知,最后厮守一生的呢?

话说背井离乡来到台湾的父亲,一日在报纸上看到一个高中女网选手和他南京表妹的名字一样,连年龄也差不多,于是好奇地写了封信去女孩的学校确认,而这女孩就是母亲的女网双打搭档。父亲的文笔好,人也斯文有礼,引起女孩的好感,便回了封信去解释自己并非对方的故人,父亲虽有些失望,但仍回了信致歉也致谢,就此两人便鱼雁往返地通起信来。

其实,除了第一封信是本人回的,其他的则都是我的母亲代笔的,因为父亲信中老谈文学,还会寄些文学杂志到学校去,这对不喜阅读的那位女孩真是头痛的事。而母亲自小跟着舅舅瞎看些日本文艺小说，倒是和这外省军官很有得聊，所以他们便不间断地通起信来。

这期间他们只见过三次面，那女孩又一定要拉着母亲作陪，开朗的母亲只好在一旁负责炒热气氛。第二次见面时，父亲觉得有异，怎么看都觉得女主角旁边那阳光女孩比较像能谈话的人。于是第三次会面，他也带了拜把的兄弟跟去掌眼，结果众人都说心无城府的母亲才是良伴佳侣。就在这时候，同为保守客家庄出身的那位女孩家里，隐约知道了父亲的事，早已觉得不好玩的女孩，便匆匆退出了这场游戏。至此，父亲才明白，原来他的直觉没错，长时间和他在文学天地间翱翔的，是那有着圆圆脸蛋、圆圆身子，满脸带着笑的阳光女孩。

母亲高中毕业后，回到家当小学老师，她和父亲仍排除万难地保持书信来往。因为外公是医生，许多乡亲便上门来提亲，心有所属的母亲，觉得长此以往对各方面都会造成更大的伤害，便毅然决定出走，身上只带着一本她最心爱的合唱乐谱，坐着火车来到台湾南端的高雄，投奔只见过三次面的父亲。他们便在这岛屿之南建立了自己的家园。

不过我们的家庆不是母亲的出走日，也不是父母的结婚日，而是他们第一次见面的日子"十月一日"。来年的这一天，还没离家出走、神经大条的母亲，曾寄了一封信到军营，大大咧咧地说："'十月一日'这真是个值得庆祝的日子！"在那个到处抓匪谍的年代里，着实把父亲惊出了一身冷汗。谁叫我们的家庆恰巧和国庆是同一天呀！

第二代探亲

朱天衣 / 文

出金陵穿越长江大桥，沿途油菜花黄直漫到天际，间隔着碧绿的麦田，江北春景比想象中富饶许多，六个小时的车程竟只觉得匆匆。

从小籍贯填的是山东临朐，便一直以为故里即在山东，初抵苏北宿迁老家时，心还直要北溯，眼前的一切实难和父亲说的联系在一起。即便见着祖父母、曾祖父母葬在自家麦田，仍难有真实感。

淮北四月天气还冷，但冷得十分干爽，夜里和两个侄女走在油桐树间，秃兀的树顶着星月，父亲笔下的世界才一一鲜活起来，彼时若跃出匹狼来也不叫人吃惊，和外甥女原要扮鬼弄神吓唬人的，却落得个仓皇而返。

酒席宴上一位小哥操着似鲁似苏的浓重乡音为我介绍当地土产，我竟把"宿迁鱼有三特点"听成"宿迁鱼有三条腿"，直把身旁两个侄女笑得东倒西歪。隔着令人头昏的浓烟、浓酒，见父亲却还气定神闲，这种半官方的应酬，依父亲平日的性情是避之唯恐不及，而今安之若素，只为的是让堂哥们将来在地方上好处事。回乡后，才发现要和好多的人和事物分享自己的父亲。

在老黄河道上、在城里爷爷牛奶厂的旧址、在城外的乡下老家，尽管父亲为我一一描述孩提时的生活情景，我仍怯怯地要认生。从英姿风发到华发早生，一直以为这就是父亲的全部。也许心底对家乡的不实感，并不真在于鲁苏之别，而是思乡之情一旦落实，竟惊觉父亲的生命里有一部分是我无法共享的。

离开老家，一样是漫天黄花为我送行，这里的风土人情是我所喜爱的，但较之于出生地，孰者才是我叶落归根之所？终此一生我不免为此问题所扰，但比之于父亲魂萦梦牵两地，这又算得了什么？

四季桂

朱天衣 / 文

人们都说八月桂花香,桂花应该是在秋季绽放香溢满园的,但我们家的桂花却从中秋直开到夏初,四季都不缺席,所以又被称为四季桂,讲究些的会把花色淡些的唤作木樨,我们家种的便是如此,但我仍执意当它是桂。

父亲喜爱桂花,我原生家庭门旁两株茂密的桂,快有四十高龄了,虽种在花圃中,却仍恣意生长,不仅往高处伸展,更横向环抱,两树连成一气,漫过墙头自成一片风景,猫儿游走其间,犹如迷宫般可供戏耍。父亲也喜欢兰,我还曾和他到后山搬回半倒的蛇木(笔筒树),截成一段段来养兰。记得在锯蛇木的当口,在院中游走的鸡硬凑到跟前,先还不解,直至从截断的朽木中爬出几尾褐紫色的蜈蚣,才知那鸡真有先见之明,一口一尾,三两下便给它像吃面条一般吸食个尽。待等父亲收拾妥当,便会将兰挂在桂树下,一来遮阳,二来悬空的蛇木也不至于沦为猫爪板。

桂花飘香时，便是父亲忙桂花酿的时刻，那真是一份细活，一朵朵比米粒大不了多少的桂花，采集已不轻松，还要将如发丝般细的花茎择除，那是只有细致又有耐心的父亲做得来的。接下来便会看到父亲将拾掇好的花絮，间隔着糖一层一层铺在玻璃罐里，最后淋上高粱酒，便是上好的桂花酿，待等来年元宵煮芝麻汤圆时，起锅前淋上一小匙，那真是喷香扑鼻呀！整个制作过程，我们姐妹能做的至多就是采撷这一环，有时在外面觅得桂花香，也会结伴去偷香，我就曾被二姐带到台大校园，隔着一扇窗，一办公室的员工便看着两个女孩在桂花树下忙着收成呢！

除了自制的桂花酿，掺了点桂花香的"寸金糖"，也成了父亲写稿时难得佐伴的点心，这"寸金糖"在当时只有"老大房"贩卖，我们姐妹仨不时会捎些回来，不是怎么贵的东西，父亲却吃得很省。他对自己特别喜欢的事物，总能有滋有味地享用，但也不贪多，几乎是给什么就吃什么、供什么就用什么。即便是整日离不了口的烟，也只抽"金马"，后来实在是不好找才改抽"长寿"；而茶则是保温杯泡就的茉莉花茶。我们是长大后自己会喝茶了，才知道拿来做花茶的茶叶，都是最劣质的，甚至连那茉莉香气都是赝品，是用较廉价的玉兰花代替的，而这浓郁的玉兰花是会把脑子熏坏的。记得那时二姐每次夜归，会顺手从邻人家捎回几朵茉莉，放进父亲的保温杯中，唉！这算是其中唯一珍品了。

父亲的细致端看他的手稿便可知悉，数十万字的文稿，没一个字是含糊带过的，要有删动，也是用最原始的剪贴处理，那时还没有涂改带，写错了字，他依样用剪贴补正，且稿纸总是两面利用，正稿便写在废稿的另一面，有时读着读着，会忍不住翻到背面看看他之前写了些什么。他擤鼻涕使用卫生纸，也一样会将市面上已叠就的两张纸一分为二，一次用一张，但他从没要求我们和他做一样的事。

父母年轻成家，许多只身在台湾的伯伯叔叔，都把我们这儿当家，逢年过节、周末假期客人永远是川流不息。如此练就了母亲大碗吃菜、大锅喝汤的做菜风格，即便是日常过日子，母亲也收不了手，桌上永远是大盘大碗伺候，但也从不见细致的父亲有丝毫怨言。到我稍大接手厨房里的事，才听父亲夸赞我刀功不错，切的果真是肉丝而不是肉条，我才惊觉这两者的差异。

有时父亲也会亲自下厨，多是一些需要特殊处理的食材，比如他对"臭味"情有独钟，虾酱、白糟鱼、臭酱豆、臭腐乳，当然还有臭豆腐，且这臭豆腐非得要用蒸的方式料理，不如此显不出它的臭。几位有心的学生，不时在外猎得够臭的臭豆腐，便会欢喜得意地携来献宝，一进门便会嚷嚷："老师！这回一定臭，保证天下第一臭！"接着便会看到父亲欣然地在厨房里切切弄弄，不一会儿整间屋子便臭味四溢。欣赏不来的我们，总把这件事当成个玩笑，当是父亲和学生联手的恶作剧，因此餐桌上的臭豆腐就让他们自己去解决吧！但往往那始作俑者的学生是碰也不敢碰，所以那时的父亲是有些寂寞的。或许是隔代遗传吧！我的女儿倒是爱死了麻辣臭豆腐，只是很可惜，他们祖孙俩重叠的时光太短浅了。

父亲也爱食辣，几乎可说是无辣不欢，他的拿手好料就是辣椒塞肉，把调好味的绞肉拌上葱末，填进剔了籽的长辣椒里，用小火煎透了，再淋上酱油、醋，焖一焖就起锅，热食、冷食皆宜。一次全家去日本旅游大半个月，父亲前一晚就偷偷做了两大罐，放在随身背袋里，这是他的"抗日利器"，专门对付"淡出鸟来"的日本料理。

其实父亲的口味重，和他的半口假牙有关，以前牙医技术真有些暴横，常为了安装几颗假牙，不仅牺牲了原本无事的健康齿，还大片遮盖了上颌，这让味觉迟钝许多，不是弄到胃口大坏，就是口味愈来愈重，这和他晚年喜吃咸辣及糜烂的食物有关。且不时有杂物卡进假牙里，便会异常难受。但也少听他抱怨，他很少为自己的不舒服扰人，不到严重地步是不会让人知道的，即便是身边最亲的人。

父亲在最后住院期间，一个夜晚突然血压掉到五十、三十，经紧急输血抢救了回来，隔天早晨全家人都到齐了，父亲看着我们简单地交代了一些事，由坐在床边的大姐一一如实地记了下来，大家很有默契地不惊不动，好似在做一件极平常的事，包括躺在病床上的父亲。

等该说的事都说妥了，大家开始聊一些别的事时，父亲悠悠地转过头对着蹲在床头边的我说:"家里有一盆桂花,帮你养了很久了,你什么时候带回去呢?"父亲那灰蓝色的眼眸柔柔的,感觉很亲,却又盲盲的,好似飘到另一个银河去了。我轻声地说:"好,我会把它带回去的。"那时我还没有自己的家园,我要让它在哪儿生根?

中国人有个习惯,生养了女儿,便在地里埋上一瓮酒,待女儿出嫁时便把酒瓮挖出来,是为"女儿红",若不幸女孩早夭,这出土的酒便为"花凋";也有地方生养一个女儿便植一棵桂花。父亲没帮我们存"女儿红",却不知有意无意地在家门旁种了两株硕大的桂,我并不知道他也一直为我留着一棵桂,为这已三十好几还没定性的小女儿留了一棵桂。

父亲走了以后,时间突然慢了下来,我才知道过去的匆匆与碌碌,全是为了证明什么。证明我也是这家庭的一员?证明我也值得被爱?大姐曾说过她与父亲的感情像是男性之间的情谊;二姐呢,则比较似缘定三生的款款深情;至于我,似乎单纯地只想要他是个父亲疼爱我。我一直以为作家、老师的身份让他无暇顾及其他。但一直到后来,我才知道那是父亲的性情,对世间的一切事物都深情款款,却也安然处之,不耽溺也不恐慌。

一直到父亲走了,我整个人才沉静下来,明白这世间有什么是一直在那儿的,无须你去搜寻,无须你去证明,它就是一直存在着的。

当我在山中真的拥有了自己的家园时,不知情的母亲,已为那株桂花找了个好人家,是有些怅惘,但没关系,真的没关系,依父亲的性情本就不会那么着痕迹，他会留株桂花给我，也全是因为他知道我要，我要他像一个世俗的父亲般待我。

而今，在我山居的园林中，前前后后已种了近百株的桂花，因为它们实在好养，野生野长的，全不须照顾，第一批种的已高过我许多，每当我穿梭其间，采撷那小得像米粒的桂花，所有往事都回到眼前来。我们每个人都以不同的方式怀念着父亲，而我是在这终年飘香的四季桂中，天天思念着他。

母亲

朱天衣 / 文

要多长的时间才足够,足够到可回顾母亲离开前的那段日子,足够到确定她已离去,足够到不再不时问自己她到哪儿去了,她到底到哪儿了。

二〇一七年三月二十六日午后,我们陪她搭乘救护车转院至荣总安宁病房,一路躺在推床上的她歌唱不止,有她最爱的圣歌,有我们自小听惯的名曲,那时距她离世不到一百个小时。她神志清明知道所有的安排,也接受这样的安排,信仰甚笃的她明白这是必经之路。但死亡真正来临时,她不会有所疑惧?她一路高歌是为远扬壮行?

二〇一四年夏天,母亲喘息严重、呼吸困难,送入加护病房,先以为是感冒引起肺炎所致,后脱离险境转普通病房又住了三星期才查出是肾脏问题,排水不良造成肺积水方引发呼吸紧迫。出院后,又尽可能地推迟,但终究还是得接受洗肾治疗。洗肾后昏沉状态改善了，但随之而来的贫血、缺钙、缺钾、甲状腺异常、抵抗力变差等副作用，就此紧缠着母亲，也让照护她的姐姐时刻处在紧绷状态。

一周三次，近两年的洗肾期间，饮食须严格控管，连饮水也须滴滴计较，但母亲孩子气的任性，始终不改嗜咸的脾性，总令二姐跳脚。每天须记录水分摄取及排出的功课，不耐烦数字的母亲，也总是能赖就赖给大姐。老年照护的疲惫无奈，在我们家一样没少，而这些重担都是由住在一起的两位姐姐担下了。

即便一家人，每份母女情都是不同的，二姐对母亲最是唠叨，到老也不放松对母亲的鞭策，要她长进，要她独立，要她深思所有，要她神志清明到最后一刻。这让倚赖父亲一辈子的母亲常感困顿，但从小到大，最护母亲的是二姐，陪伴母亲最多的也是二姐。

自小，大家都认为姐妹仨数我最像母亲，容貌像，性情也像。小时候，野野的、贪玩、爱养动物；及长，好客、好烹调，唯恐人饿着，屋内屋外的猫狗禽鸟也在管辖范围，不喂饱它们便是天大的罪过。从小家里食客不断，任何时刻进门，母亲总能迅速办置一桌菜肴让人大快朵颐。即便在那物资缺乏的年代，较正式宴客，她也总能触类旁通地整治一桌令人惊叹的席菜，或是和父亲在外饮宴的复制品，或是从邻居妈妈们习来分不清哪个省份的变造品，多了她的想象创新，便形成了她的独特风格。

印象至深的是炸元宵、狮子头及小肉丸，那元宵经油炸后类似广式甜点芝麻球，但母亲大大咧咧不讲究火候，每每都炸开了口，便索性以"开口笑"名之；狮子头则是肉丸不炸不揉，直接和黄芽白、菇菌炖煮，软烂下饭下面，很合适牙口不佳的人食用，又因肉丸中添了豆腐及馒头屑，所以母亲称它是"穷人狮子头"；至于那若弹丸大小的肉丸反而费工多了，每颗都须又揉又砸二十余下，排整好蒸透了，煮汤、烩青蔬时丢几颗进去，便鲜美无比。然而大手笔的母亲动辄二三百颗起跳，我们姐妹常为这小肉丸砸到手都快废了，好在这丸子多只出现在过年，一年累一次就好。

说到年菜，母亲也常一窝蜂地跟着村里流行走，一年家里廊下出现了捆蹄，又不知是从哪省妈妈那儿习来，不等食用便长了绿霉，不敢食用又弃之可惜，遂任它继续恶化，直至生蛆为止。当然也有绝不会失败的常年菜及酸笋，这些是文友们多年后还念兹在兹的地道客家菜，但之后长居客家庄，才知这酸笋在以高汤烹煮前，须汆烫数次以去其酸涩。但母亲却省略了这道工序，顶多发泡汆烫一回，便丢入大骨汤中佐以大量酸菜熬煮，留其酸味，以杀年节肉食过度的油腻，这也是她率性下的产物，且一次必煮十来斤，就算每餐海碗伺候，那一大锅也可吃足整个年节，且越煮越滑润，还真百吃不厌。

平日餐点，母亲也以量取胜，猪脚、鲜笋、卤菜……完全像餐厅规格，一来我们姐妹仨胃口实在好，父亲看似瘦削，食量也不遑多让，不如此海量供应，实难满足一家人的脾胃；二来她常处赶稿状态，煮一大锅可省去许多工夫。然胃口再好，面对母亲的食海战术，吃食较精致的二姐便常生怨叹，父亲则笑道"吃得鼻子眼睛都是"，家里猫猫狗狗在同样喂食下也常吃兴缺缺。每当母亲看这些毛孩面对一缸食粮翻白眼时，便会叱道："这不吃那不吃，要吃仙桃呀！"这总令一旁的我发哂，以为这话是说给二姐听的吧！

母亲另一身份是日译作家，从小便随着舅舅们看遍各式文学作品，连世界名著也是通过日文阅读的。她之所以和父亲认识、通信到结婚，文学相与是极大因素，成家后，连生我们姐妹仨，较不需完整时间的翻译工作遂成了她笔耕主力。她的译作多是川端康成、三岛由纪夫、曾野绫子、远藤周作的作品，后来则是井上靖、大江健三郎，母亲是台湾极重要的日文翻译作家。

孩时，母亲常因赶稿误了我们姐妹的中餐便当，记忆中，和姐姐多次在校门口等待无人，直至午休钟响，才见她匆匆骑车赶来。嘴嘟嘟的我们总不解，做个便当有那么难吗？译稿再投入，怎会连电饭锅开关都忘了按（每次大延误都缘于此）？但当时若不是母亲译作如此勤，以父亲的军职薪饷及微薄稿酬，是不足撑持家中川流不息的文人朋友打牙祭的。

后来父亲提早从军中退伍专志写作，家里经济状况也略趋稳定，母亲便重拾少女时的两项嗜好——网球及合唱。当时已届四十的她，不时代表台北西区参赛且屡获佳绩，我们姐妹中学时期遂有穿不完的球衣、球鞋，至于那各式奖杯则搁置窗台供猫儿饮水；合唱部分则一直唱到近八十岁无法久站舞台表演为止。狮子座的母亲非常享受团体生活，晚年的合唱团及教会是她的生活重心，常保童稚的她，在团体中总是受到欢迎照顾的，这是她的舒适圈，也是父亲离开后近二十年她找到的慰藉吧！

母亲从小就爱唱歌，在受日式教养的外婆制约下，她常借着放狗躲到野外引吭高歌，唱给稻浪、唱给河流听；有了自己的家后，终于可以放怀欢唱。她尤喜在做菜时唱，执锅铲等菜熟时唱的是抒情缓慢的歌，持菜刀剁肉便佐以《骑兵进行曲》；和父亲婚前通信时，分隔两地的他们，亦曾相约在某日某夜的同一时刻一起吟唱《霍夫曼船歌》，这是父亲临别前告诉我的。母亲事后获悉，大恸说，为什么不告诉她，她可以在父亲耳畔再唱给他听呀！

今年因《文学朱家》纪录片的拍摄，大姐翻出父亲一九四九年来台日记，也整出父母的往来书信。二十来岁年轻的他们，在该是情书的信件中谈的是文学、信仰，他们像护着火苗般护着心中对文学的信念，他们相信这会是彼此一生扶持守护最坚实的力量来源。之前他们仅匆匆见过三次面，就凭着如此鱼雁往返，母亲毅然离开医生世家的原生家庭，奔赴世俗眼中一无所有的军职父亲，大家口中我们的所谓"文学世家"是这么开始的。

她是因为我们姐妹仨、因为家务、因为经济而放弃纯粹的创作，选择相对轻松些的翻译工作吗？就像绝大多数的已婚女子面对家庭和理想必须取舍？她曾自封"后勤司令"，在父亲写作最盛、姐姐们办杂志出版社的时期，她选择在背后支撑，供养一屋老的少的拿笔的人；她永远慷慨，为友人随时可将存款提到个位数字；她热情，让周遭的人如沐春风；她像孩子，无心机得让人想照顾她；她像天使，让所有人都喜欢她，以世人的眼光她是至福至善的。

但当我重读书信、重新认识年轻的父母时，我好想念那至情至性、满怀文学信念的女孩。如果没有我们姐妹仨，如果当家境好转她选择的不是合唱、网球，如果她始终和父亲携手在文学的路上，那将会是一个什么样的光景？我也终于明白二姐一直以来的鞭策，因为她始终没把母亲只当十全老人看待，母亲还该是和父亲初识时、那愿共负一轭的女孩。

母亲走前两个月查出肺腺癌，且已转移，一年前的X光片肺部并无任何征兆，应仍是和洗肾体力大衰有关，未想最终她和父亲竟罹患相同绝症，医院判断约莫就是端午前后吧！那时刚过完农历年，二姐为此安排了两天一夜的行程，携着以轮椅代步的母亲搭高铁南下高雄再转屏东，拜访父亲仅存渡海来台的结拜兄弟，也是和母亲最投缘、最能玩到一块儿、我们口中的大笃笃（叔叔），已然失智的大笃笃。看着生命已然倒数计时的母亲，以及已然初老的我们姐妹，久久、久久他喟叹说："不像，都不像了。"他的比照图像是……三个毛丫头？那不顾一切奔赴父亲、热爱文学的女孩？

在这告别之旅的路上，南下北上的高铁上，母亲没停地唱着歌，我们从小就听熟的歌，一如当时离家在高雄火车站站台等那只见过三次面的陆军中尉父亲来接她时，也如同最后转院在救护车上，乃至最后的那两个夜晚，即便已不成调，她躺卧病床仍未停止哼唱，这带给她快乐、带给她勇气的歌唱，陪伴了她一生。

原以为癌是母亲最后要面对的，但肾病仍抢在前，当所有血管已无法承受血液透析时，生命便已走到尽头了。于是在如守护天使般的家庭友人赵可式襄助下，母亲在荣总安宁病房走完人生最后一程，在那儿不再受医疗之苦，以安顿身心为主。母亲那三天得到最妥适最有尊严的照护，荣总安宁病房的所有医护人员，让我们姐妹终生感念。

母亲是于二〇一七年三月二十九日下午三时半离世的，临行前，当从日本赶回的大姐在病榻前轻唤她时，她微睁双眼，遂即闭目静听，以手紧握回应大姐的每一句话。身畔除了我们姐妹仨，还有她的至亲晚辈，在《奇异恩典》的吟唱中，一抹如云的影翳拂过脸庞，母亲溘然离去。

母亲遗容安然，即便没化妆，气色也好得不像洗肾患者。我们将她与父亲合葬于阳明山麓，以花葬的方式大化于天地，那四面环山的视野会是她爱的，天际盘桓的大冠鹫也是她爱的，与她至爱至亲的人长相厮守也是她最盼望的,这是我们姐妹仨仅能为她做的。

父亲

朱天衣 / 文

自晓事以来，父亲伏在案上笔耕的身影，是童年恒常的画面，也是此生无可磨灭的记忆。

是何时开始拜读父亲的著作，已难追寻，但清楚地知道，年少的我喜欢他的《狼》《铁浆》《旱魃》《破晓时分》这些以老家为背景的小说。那是一个亲切却也遥远的世界，读之热血沸腾、惊叹连连。但中后期的作品，除《八二三注》不这么贴近现实，其他书稿即便是小说，每每捧读都不禁脸红心跳隐隐抗拒着，是羞赧，是陌生，眼前至亲突然成了不认识的人。这是所有作家亲人不可免的尴尬吗？

此次《文学朱家》纪录片的拍摄，天文翻出父母的旧稿书信，有父亲年轻时的日记，有父母婚前的鱼雁往返。随着这许多文字出土，终能清楚看见他们，年老的父母，中壮的父母，以及年少的父母，他们的生命轨迹如此清楚地展现，恍如再一次活生生地重现。

而其间始终不变的是，父亲对待文学的态度，虔诚力行在生命的每一时刻里。"用稿纸糊起来的家"原来不是传说，这个所谓"文学家族"的存在也非神话，以文学为媒建立起来的这个家庭，自大家长起，念兹在兹的始终就只是文学，它已烙在每个家族成员的生命里。

父亲在和母亲的第一封信件中说道："一切的事业都不怕平凡，唯有文学不能平凡，因为文学不是换取生活的工具，文学乃是延长生命的永恒的灵魂之寄托。"他也曾写道天才是创作必要的，但孜孜不辍的书写更是重要。

年少时，看过多少才气纵横的书写者，之后为了种种原因，或求职或成家、或因为另类书写能更快更丰富地撷取所需而有不同的选择，文学创作本就是报酬低而缓慢又孤寂的路，它被放在第二第三……顺位，是再自然不过的事，也正因为如此，坚持把它放在首要，甚至唯一的位置，就越发突显它的不容易。

当眼前有诸多选择时，父亲坚持的永远是最不容易的创作之路。

父亲初来台时，曾婉拒当时陆军总司令孙立人提携，坚持留守部队从基层干起。而后生怕影响创作持续，辞谢聂华苓爱荷华"国际写作计划"的邀约（父亲是此计划台湾受邀第一人）。这些称不上快捷方式的可能选择，但凡对创作之路稍有干扰，全摒除在外。

父亲如此，姐姐如此，姐夫唐诺亦如是。这一路上，他们有太多赚大钱、得权势、广名声的机遇，甚至无须博取，但他们连被动接受都没考虑，理所当然地走着原本一直走着的路。在一次采访中，记者对大姐的创作描述成贵族式的书写，莞尔之余，不禁思索，何谓"贵族式的书写"？也许可以简单地说，就是不为生活而写，只写自己想写的。

说来容易，但首先要将生活所需减至极简，欲望降至最低，不为购房购车贷款所迫，不为卡债所扰，一家人守着仅有的一栋老屋甘之如饴地生活着。他们将所有的力气放在书写上，让生活成为笔耕的沃土，这是一种态度一种选择，我是这样看着父亲生活的，也是这样看着姐姐们如此安身立命的。

父亲在创作《铁浆》《狼》时，正值我襁褓期，我曾多么庆幸没因自己的出生扰乱了他的笔。但近日听天心描述，板桥妇联一村时期，曾有那样一个夜晚，父亲伏案疾书，三岁的我因母亲不在身边嗷嗷啼哭，做姐姐的她生怕扰了父亲，恨不能捂住我灭口也好让父亲不受干扰。唉！若当时晓事，不等姐姐动手，我先就撞墙自我了断了。

而后迁至内湖，最记得的是，周末是父亲写稿日，周六半日休，父亲总写到隔日天明。周日早晨，母亲怕搅扰父亲补眠，总会带我们姐妹仨及一屋子狗至山边采野菜，直噔到近午才回家。吃过午饭，父亲继续伏案至深夜，若有客人来访，那么他入睡的时间会更迟。

父母对友人满是好意，川流不息的客人是孩时生活底蕴，妇联一村时如此，内湖一村如此，后迁至景美亦如此。记得小学时期，每次疯玩到必须回家灌水时，总见客厅坐着站着满是人，在那烟雾缭绕的狭仄空间里，有我熟悉或陌生的叔伯阿姨们，他们常为我不太懂的话题喧腾争论。而母亲总在后面厨房忙，父亲则坐在沙发一隅，闲闲抽着烟，面前一切尽在眼底，但他是不是已神游到另一个世界，那无人可企及的世界？那段时间，正是他创作畅旺时期，如他婉谢聂华苓邀约时所说的："近一两年来，我是处于创作力的向所未有的巅峰状态，当然不仅是量，且是质的，历来我都不曾写过这么多的东西，而且有得心应手的感觉，特别是写一篇是一篇，篇篇可以出书，不似以往，出书的时候，十篇挑不出三四篇。这是主要的因素，一个人的艺术生命，一生中并没有几年，这种清清楚楚自觉得出的黄金时期，我是一刻也不能错过。"除了《破晓时分》《旱魃》，大家还在争论着所谓现代主义的同时，父亲早已着手并完成了《猫》《第一号隧道》《画梦记》《冶金者》及《现在几点钟》等无数长篇、短篇小说。

一九七二年，父亲尽早离开军职，专志写作，同年十月我们搬至景美辛亥隧道畔，入住初期，自来水尚未接通，整个小区只一两户人家。父亲维持夜间写稿的习惯，每天晏起，周末假日吃完中饭，父亲会随我和二姐到邻家空房子逛，品头论足每家装潢隔间，拾些零星多余的砖瓦回去垫花盆，天气好时，则到周边山林探探。那时方圆五公里除我们小区渺无人烟，也因此认识了两只圈养在山腰上供人拍戏的黄花大虎。又在一煤矿坑上缘废弃老屋前，移回两株至今已绿意成荫的金桂幼苗。还曾翻过一个山头，看见几个巨大球状槽，无人活动，只有大型槽车出入，我们脑补视作外星人基地，多年后也就知道它不过是个天然气工厂。而那段时间，我们享受着鲜少纯然的家庭生活，看似悠闲度日的父亲，白昼长篇小说、夜间短篇小说笔耕不歇地交出了六十余万字的《八二三注》，以及《非礼记》《蛇》。

后来姐姐们逐渐长成，也开始写作，并创办"三三"，家里恢复过往的热闹，只是出入的多是年轻的孩子，在一样喧腾的情境里，父亲仍端坐客厅一隅，晚辈学生有任何问题，都能找得着他。与此同时，父亲一样坚持着每天至少千字的写作，即便除夕夜一屋子年轻男女玩疯了，时间到了，他会静静隐没，再现身时，我们仨笑问他："开笔了？"他总是眼神明亮地颔首，而他却从不这么要求我们姐妹。这段时间，他陆续出版了《春城无处不飞花》《将军与我》《春风不相识》《猎狐记》《将军令》……散文及论述文章还不在此列。

父亲晚年专心《华太平家传》的书写，曾两度易稿，第一次写至十多万字不满意重写，第二次写至三十万字却遭白蚁蛀蚀一空，再次提笔已是离世前十年，写至六十余万字，距离他原预估的两百万字还遥远。父亲会遗憾吗？在最后陪病的一晚，他和我说道《华太平家传》中，大美这一线故事的后续发展，即便因化疗体力衰弱，但仍神志清明地说了许多。这会是父亲至终的悬念？我无法确定，只知这是任谁都无法替代的，即便是他的同业两位姐姐都无法续笔的。但若存着这一丝丝残念，父亲是不是会再次回到人世间，继续他喜欢的书写创作？而我们也因着同样对文学的虔诚与坚持，终将会再聚首。

若说信仰能让生命永恒、灵魂不灭,那么文学不就是如此?无论书写阅读,乃至生活态度,不都在突破生命的限制?心灵脑力极致开发,不正是信灵满溢般的至美?而文字的隽永不也是灵魂的不灭?父亲的身教与书写见证了这一切,而姐姐、姐夫的前行,让我无畏无惧,一样找着安身立命的所在。我何其有幸今生能与他们结伴同行,即便在这文学的国度里,我还做不到反馈,还只是个汲取者,但此生足矣。

人们总以为自己看到的是父母的全貌、生命的所有,然父母意气风发的年少、风华正盛的青壮,孩子们多错过且无意追寻,这会无憾吗?因着父母留下的日记书信,让我为这《文学朱家》补上最后一块拼图,也如同他们在最终病榻上待我们仨陪伴、准备好才远行一般,让我们了无遗憾。

辑三　桃树人家

之一·桃树人家

云上游

朱天文 / 文

种在阳明山的桃花不算，我一直觉得桃花是要生在民间千千万万户的人家里，像旧小说中常有的，过了一条木板桥，远远地望见一簇红霞，树木丛中闪出一所庄院。啊，有一段故事，就是这样、这样地发生了。

我窗前的一棵桃树悄悄地开了花，乍见枝头桃红春意，似泄露了我的心事，就此两厢皆不见。一日里要听母亲三两回地赞叹道："来看我的桃花呀，都开了。"哦，桃花桃花你只管开你的，我只横心冷到底了。

说起我家这座后山，怎么看怎么拿它没办法，原是个煤矿，约也出息不大，发生了一次灾害，便告终止。然后漫天漫海地长起了没顶高的野芒，一条小径，家中众犬走出来的，邻人循蹊而去，倒垃圾的多。谁知道山也成了我们招待客人的名胜古迹，唯梨山开农场的七叔叔曾经沧海，一句"土疙瘩"就把它给打发了。眼看肆无忌惮的野芒草要把我们的扶桑篱笆和篱边的桃树吃掉了，妈妈遂发起垦荒拓边运动，一星期的工作日，疆域拓展了原来院子的两倍大，以葛藤为篱，种了棠棣、茉莉、月季、杧果，以及不抱希望地撒了许多小白菜籽，和日本买回来的花种。垦荒的几日好天气好运气，甚至连两天像春暮的软烟晴霁，而那是个冬天的黄昏，我登楼梯上来，凭窗一望，只剩了爸爸妈妈还在一锹一锹地锄土，院心烧着野芒的余火未熄，斜晖满院，我忽然伤心得泪涌不止，仿佛初次发现了自己做女儿的感情。

向来我与爸爸妈妈只觉得是文学上的同道中人，平手待平手的，更似君子之交淡如水的亲而不热。然而有一天，我才忽然懂得我已经长大到爸爸妈妈在为我操心了，原来他们还是有着天下父母心的那么平凡、那么脆弱，而又那么当然的一面！他们当我是大人，是文章之士敬重，从来不在跟前提过一句，但夜阑人静闲语时，我仍然只是他们的一个孩子啊。那一刻，我多么心甘情愿地，永永远远做个纯心的赤子呢。

"人意烂漫，只向桃花开二分。"生我育我的父母，若说报恩，我怕只有桃花知道我是要负了他们的了。就像宝玉在雪地里朝贾政拜了三拜，飘然而去。

可是连同我的爸爸妈妈，我们在血统的亲属之上，是不是还有一个道统的父母呢？如天如地，那是千千万万中国人的父母了。

写到这里好笑起来，不要被孟子批评为墨家的"无父"了呢。而夏志清说父亲是青年学生的"father figure"，啧啧，让我想到史怀哲之类的人物，伟大是伟大，我可与之不投缘。父亲是我每爱看他数月理一次头发之后,那种小男孩的干净调皮的模样,一似他平时的专喜促狭人。还有不知谁送给他一架六十倍的显微镜,他便文章也不写了,只管鸡毛蒜皮地都找来观察研究,案上一个白花花的大脑袋。

妈妈,后勤总司令,又是每说到玩的事,第一热烈响应的。今年的母亲格外年轻,旧历年过得物阜民丰,除夕玩到元宵夜,风光的奢侈冶荡,令人想起《名都篇》的开头两句就是"名都多妖女,京洛出少年"。

好大气概!那妖女也不过是像我们姐妹三个,都买了锦缎和丝绵的新袄新袍,约定大年初一早上齐齐穿出去走街,行人注目,当作是中影文化城跑出来的一伙小凤仙。那京洛少年,"宝剑值千金,被服丽且鲜。斗鸡东郊道,走马长楸间",算要算做了丁亚民。他在君祖婚礼上头一回西装领带就被大家笑了个半死,他亦只管逞能逞强,哄得人人宠他,"观者咸称善,众工归我妍",真是得意极了的。

元宵晚上,喝掉了两瓶高粱酒,大家兴起,凑凑钱买来五支火花,在桃树下燃起来。五支倒有三支不开花,黑暗中"噗"一声火苗草草了事,燃起的两支,开了两棵银花火树,如白昼一般,微醺的恍惚中,月也朦胧,花也朦胧,这人意烂漫,直泼到天涯海角,桃花你开在这里,不是理所当然的吗?

元宵第二天,落起了似清明时节的细雨,两位女客临去讨枝桃花,桃木最是辟邪纳吉的。阿丁就搬了凳子,我撑伞,两人去折桃花。黄泥上纷纷一片落英,昨晚的脚印还在,爆竹屑打在雨里依然簇新的。有些惘然,好像昨天到今天,已转过不知几世几劫了。

微雨中的晴光亮得好刺眼,选定了两枝,阿丁登上高凳,不得了,凳子的四条腿眼睁睁看它地陷东南地陷进土里去,一场狼狈,也算折了两枝桃花,逃难似的奔回屋里了。下午我寄书绕后院回来,爸爸妈妈又在做园丁,见我劈面就说是谁踩得桃树底下一塌塌的,小白菜都给踩坏了。我定睛一看,可不是,雨一落,土上都冒出了芝麻大小的绿芽芽,转瞬春天已是这样等不及地来了。

爸爸道:"诗人呀——死人哦。"那是讥我雨中折桃好不风雅呢。我望望园子,高兴着不久就可以吃到新鲜的炒白菜了。

文学的童年
朱天文 / 文

也许是长女的缘故，记忆中，父亲是比较有更多的新鲜好奇和耐心来"教育"这个头生子。比方说，练毛笔字，从握笔的方法到一横一竖一撇一捺一钩，父亲都把着我手实实在在教过的。似乎天心、天衣就没有这么幸运了。比方说，我坐在父亲膝上和书桌之间，桌上摊着稿纸和《唐诗三百首》，父亲把《长恨歌》一句句指认讲述给我听，至今我还记得父亲下巴抵触到我头顶的实感。

小学二年级有图画周记，三十二开作业簿，上半画图，下半写字。我写爸妈带我们去看电影《金钱豹》，父亲就帮我画了笼子里的一只金钱豹。我写爸爸本来要去金门，因为海浪太大船快翻了，还好有人拉住绳子才没翻，所以半夜又回来了，父亲就帮我画一艘军舰。这本图画周记奇迹般地保存到现在。

还有一件我们父女联手合作的成品，是家事课做的枕头套。

用一种特殊彩料绘好图案，平置在白布上拿熨斗高热压烫后，图案便印在布套上。父亲帮我画了一对艳丽的热带鱼、水草、贝壳，商量怎么配色，我上色，一齐压印。漂亮的枕头套，家事老师说送给她拿去展览吧，我没有答应。很久以后，我把它送给一位男朋友的姐姐，不知下落怎样，想起来有点可惜呢。

父亲很会写美术字。长长的一段时间，也许持续到高中毕业，每学期开始发新书、新簿子，我最爱全部抱到父亲的书桌上，央他在一本本上面写好年级、班级、姓名。替我用光滑的月历纸包好教科书，我痴痴地趴在桌面看父亲笔下生出奇逸的字体书写着"算术""国语"……新书的香和签字笔的油墨香味，感觉新学期真有希望。

住在板桥妇联一村时，父母还没有自己的卧室、书房，客厅里放着大床，傍门窗的一张书桌是父亲写稿的地方。我们小孩在大床上玩着玩着大声起来了，就被母亲呵斥不要吵。周末母亲总是上午把我们带出门，到林家花园旁一座网球场玩，混一整天回家，好让父亲安静写稿。后来搬到内湖，窄小的客厅逢雨天便两条竹竿横七竖八地挂着湿衣服，父母的多少文友在那万国旗底下谈天说地。虽然我完全不懂他们的谈话内容，也常常搬个小板凳坐在父亲脚边倾听，直到瞌睡蒙眬，不知东方之既白。

小学六年级暑假，父亲或许看我太无聊了，从他们卧房门后的橱柜里取出一本书给我，说这本书好，可以看。那是一本一九六八年七月初版定价新台币贰拾元的《张爱玲短篇小说集》，封面绿色的底上有一轮大黄月亮。扉页有张爱玲的黑墨水钢笔题字,"给西甯——在我心目中永远是沈从文最好的故事里的小兵"。

当时我并不知道谁是张爱玲,谁是沈从文。

美国舞男
朱天文 / 文

我们家的除草机是三只兔子,黄毛的叫得得,灰毛的叫爱波,白的是卡卡。三个住在铁笼里,天气好的时候,把笼子搬到后院,往草长的地方一搁,不一会儿工夫就吃掉一方青草,再换另一处。

先来的一对得得和爱波,是天衣买来的,不及手掌大,养在装方便面的箱子里,还跳不出来,喂它们园中种的番薯叶,要用卫生纸一片片将露水擦干了,不致吃下去拉肚子。把它们仰脸捧在手中,即刻就呼呼睡着了,直睡得两只耳朵发红、发热、发烫起来,我才忽然明白了"沉酣"二字。

据卖主说,得得是个男兔,爱波是女兔,根据此项信以为真的立论,我们都比较怜惜爱波,加之得得全然是个大男子主义,往往它已吃完两片菜叶,而又去抢食爱波那片还在吃着的第一片叶子,真叫我们愤怒极了。几个月之后,长成的两个中型兔子,得得要比爱波重一倍,毛色润滑光泽,爱波因常遭得得欺负,那身灰毛逐渐败成一件破袄似的，然而褴褛的外在掩不住它的蕙质兰心。天心跑来跟我说，爱波爱吃玫瑰花瓣呢，一瓣瓣吃，到底是女孩，得得就压根儿不吃。后来我们疑心爱波怀孕了，却始终不见它生产，这时小妹又去买了一只小兔——红眼睛、雪白毛，粉妆玉琢团扑扑的，就当作得得和爱波的义子。

再说另一桩，朋友送给我们一只苏俄猎狼犬，半价买来五万元，告诉我们将来可将它跟别只去生孩子，时价一次一万元。朋友是空军军官，给这位名犬取的名字叫天狼，口语喊作"托辣"。这只少见的苏俄猎狼犬，我们叫它Russian Gigolo——苏俄舞男，全名为：亚历山大·尼古拉斯·天狼托辣斯基。

天狼初来时，两个月不到，个子已跟家中另外两只成年大狗同高，吃了个儿高的亏，每每被我们当作已成年看待，急于培养它成为一名才艺兼备的优秀舞男，从"坐下""握手"教起，不知它毕竟只是一个贪玩的幼儿。照养天狼的责任被妹妹们自然揽去，所谓"托辣它娘"已变成妹妹的称呼，大娘是天心，二娘是天衣，我成了托辣它阿姨。三天两头，便见妹妹抱着好大一条狗站在磅秤上，然后扣掉自己的体重，万分怀疑而失望地喊道："怎么还是十八公斤？"仍旧巴巴地搭公交车出去买牛杂，拌饭之前，用木杵把钙片和乳酶生碾碎，掺在饭里。为要它先把骨架长好，每餐只喂八分饱，早上一个鸡蛋，余则吃些青菜、橙子、葡萄皮等纤维物品，消化健胃。妹妹视狗如人，不肯承认她对天狼的爱，就说仅仅是为投资一棵摇钱树罢了。但她也有叹气的时候，"唉，生个儿子来养，现在不也快半岁了。"大有划不来之意。

有一天从外面回来,天心急忙向我叫道:"你猜我们家谁先去当舞男了——得得!"

原来隔邻山边的阿婆家,在半山上养了许多兔子,独没有黄色毛的,所以特来跟我们商量,借去宿一夜,同时才石破天惊地发现,爱波根本是只男兔!三个单身汉一起住了半年多,实在也蛮惨的。

不能不提,家中有只猫咪,小时候从李爷爷那里抱来,故而姓李,叫李家宝,长得最是眉目分明,不像猫的脸,却像京戏里的旦角。它不但不与众猫为伍,而且不近女色,是个小沙弥,只跟人类来往。夏天来了,它脱了许多毛,仿佛换上一件浆洗干净的白麻功夫衫,常独自盘踞在纱门顶端的摇窗窗台上。那里最凉快通风,或睡觉打盹儿,醒来就望着远方,或俯瞰众生,人朝它拍拍肩膀,它便一跃纵上肩来,任人扛来扛去。

最近一只母猫生了两个小孩,取名为快快、乐乐。我们的苏俄牧羊犬,流落此南方异土,尢羊可牧,倒做了快快、乐乐的小保姆,不管在怎样的熟睡中,只要听见小猫叫声,便忽地竖起耳朵,忙忙站起来,奔去厨房米桶后面探看。它的嘴巴真长,已经可以把妹妹的腿整个含在嘴里了,个子还会再高,直到跟我们的餐桌一样高。似乎它的骨架长得很好,苗条而高,若在空旷的大草原上,一定是漂亮的,可是在我们的屋子里,它的高瘦显得有些驼背,柔细的鬃毛像穿着一套长衫长裙,看上去有如《大亨小传》里的女人装扮。看着,看着它,怎么办,注定了它还是一只犬呀。

家居光天化日下,日日与小兽们一起,快要忘记人的样子了。而我从报上读到饰演《美国舞男》的理查·基尔,目前是好莱坞被年轻女人崇拜的男性。

E.T. 回家
朱天文 / 文

傍晚，天衣在院子里的墙根下捡到一只小鸟，说它小，是真的小，黄嘴，绿尾巴，要放它飞，飞不到一尺高，就又跌在马路上了。于是把它捧回家，找出一个半旧细木鸟笼，放在里头，弄些米饭和水给它，就挂在楼上阳台。但它不吃不喝，光是"啪啪"地在笼里飞叫着，便引来两只鸟，在阳台的上空盘旋。天衣喊起来："它的爸爸妈妈来啦。"一家都跑出屋子仰脸观看。

分成两派：一派主张赶快放掉，让它的父母带走，不然沾了人的气味，父母会不要它，它也活不了的；一派主张再养两天，等它翅膀硬了会飞时再放，因家里有大猫小猫十数只。两派争争吵吵闹了一晚上，人家爸妈也飞走了，就把鸟笼收进天衣的房间，放小鸟出来。它倒也不怕人，四处跳跳走走，放在手掌心，它便乖乖蹲着，不一会儿，小头一低就睡着了。

第二天清晨，它的爸妈又来了，在天衣的房间窗外飞上飞下，里面叫，外头应，叫得急了，三个都扑到窗上，隔着薄薄一层尼龙纱窗,啾啾啄啄,我们姐妹三人和妈妈躲在纱门外通道一侧,目睹此景,终于决定把小鸟放了。天衣绕到窗外,将鸟儿搁在窗条上,四人藏身屋墙转角偷看,恐怕猫来抓它,暗中保护。才搁下,人走,它的父母就来了,近它身边一唤,飞到对面邻居家花棚上,"啊!飞了,会飞了!"在我们的欢呼中,小鸟忽地也越过两个墙头到了棚上,赶快,四人挤挤推推奔上楼,抢进天心房间,登上榻榻米,挨着窗户看它们一家团圆乐,把还在睡觉的爸爸也喊醒了:"来看哪,E.T. phone home!"

小鸟的父母,一个留下帮它理着羽毛,一个不见了,原来是去找吃的,飞回来时衔着一条虫,小鸟的嘴巴张得好大呀,一口就吃下去了。然后两个一起出动,找回来一条条虫丝,小鸟早又张大了它的黄嘴巴,好吃极了呢。

东升的太阳把守在窗口的我们晒得汗珠直冒。昏眩起来,眨眨眼,它们却已扑扑飞去,瞬间,消失在不知名的天空中了。

家是用稿纸糊起来的

朱天文／文

一直认为爸爸是五十岁出头，到昨天晚上和一位日本朋友相聚，叙起年龄，爸爸说他是昭和元年生，昭和多大他亦多大，今年是昭和五十八年。我听了目瞪口呆，爸爸竟已迈向六十大关，什么时候岁月就被盗了去，都不知道！曾祖父与高祖父皆未过六十五岁，爸爸戏言属虎不过五，朱家到爸爸是第三只虎了。两年来，爸爸谢绝了所有应酬跟演讲座谈活动而专心于长篇创作，天心因讲起前日还听见爸爸电话里跟人家推辞俗务，又搬出这套过不了六十五的理论，爸爸向来爱说笑，我和天心讲着却都哭了。

也许姐妹俩个性皆强，感情的事始终不顺，想到父母的操心，不免对今时代的众男子生气。汉诗有句"健妇持门户"，但愿此生此世守着我的爸爸妈妈、我们的家业。这个家，是用稿纸糊起来的呀。

最早在凤山，地址还有：中山路十三巷八号。出生在这儿，我的胎衣也埋在这座菜园的角落里。在我二百八十二天端午节那天，我们搬离了中山路，隔壁卖爱玉冰的老太太送别时掉了眼泪。搬到诚正新村东二巷八六号之二，花了三千四百元买的房子，一间卧房、一间客厅、一间厨房、一个亟待整理的庭院，此时我的体重是八点五公斤，胸围四十五厘米，身长七十厘米。

为什么对这样的细枝末节感兴趣至痴心的地步？好像时间在这些地方才留下了足迹，我一步一步踩过去，来到从前。那次是爸爸南部巡回演讲，我跟着，到了凤山被邀去黄埔新村履强家吃饭，经过妈妈曾经工作过的地方，彼时那里招考文宣干事，妈妈临时抱佛脚，由爸爸恶补了些公文的起承转合，次日陪她去考，场里就她一个年轻女子，作文题目倒新鲜：《大贝湖游记》。妈妈隔壁一位先生提了毛笔便写"是日也，风和日丽，吾与友人畅游大贝湖"，妈妈简直绝望，且又没游过大贝湖，只有据实以告。监考的钟主任遂叫妈妈写一篇自传，次日就录取了，将妈妈当作女儿似的疼，公文从"敬启者"开始耐心教起，妈妈下了班跟同事们在单位的前广场上赤脚打排球，被爸爸在台湾的唯一亲人表大娘看见了，痛数不守妇道。

在我第五百一十九天的日记，爸爸这么写道：下午伉俪俩在妈妈单位看报，带我一起去，我在那里学爬大椅子，结果爬上去了，而且还能够自己下来，真高兴，我就爬上爬下地练习，一面还嚷着："爬、爬、爬……"他们差不多比我还高兴。从今以后我就用不着大人抱我到椅子上了，什么时候想爬我都可以随时爬上去了。

爸爸一指面前的水泥阶道:"以前妈妈打球,你就在那里爬上爬下玩。"只觉好笑,自己现在也有资格讲"都二十年了"!毕竟人生能有几个二十年。经过矮矮两排浅门浅户,转个弯,眼前是棵大杧果树,树干藤萝缠绕,树下庇荫的几户人家悠然惬意,爸爸又一指:"喏,那里就是东二巷。"父母成家时唯表大爷、大娘送了一床红缎面棉被,爸爸的大兵兄弟合送一张竹床,饭桌则是兄弟们用炮弹箱改装的。家中几次断炊,总是裴伯伯去教堂领些救济面粉来,妈妈加糖做成一张张鸡心形烙饼,名之为爱情饼,大家吃得津津有味。

中山路的房子,泥地,竹泥墙,窗户是须用木棍撑出去的老式木窗,夏天屋里燠热,写稿时爸爸便将灯泡牵到户外来,藤椅扶手把子上架块洗衣板就可以写了,蚊子咬也没办法。因为爸爸妈妈上班,请了位大陈岛义胞老太太来照顾我,唤她翁妈妈,一口浙江话,根本难听懂。在我第四十三天的日记爸爸写着:整夜妈咪为着我的胡闹而没睡好,我是没办法的,除了哭是没别的了,妈咪很冒火,发誓说,把这一个月熬过去。要翁妈妈走路,她太不尽责了,他们俩一再交代白天尽少让我睡,哭哭没关系。还有,翁妈妈很不讲卫生,也不刷牙齿,说话时口沫四溅,有爸爸在《列宁街头》中描写马二爷风雨齐下之概。每每抱着我的当儿,又老是跟人唠唠叨叨,我既无雨衣又无雨伞,真是泛滥成灾。爸爸说:"翁妈妈,我给你买一支牙刷吧。"她不要，坚决地不要。

其实不多久翁妈妈亦成了我们家庭一员，直到搬离凤山很久很久以后，翁妈妈每向别人提及朱先生、朱太太以及刚满月就抱到三岁大的小凤，仍会老泪婆娑。偶尔爸爸出差，总要去探望她，把我们长大了的照片带给她看，唯小妹妹她没抱过，引为毕生的遗憾。每回她定然煮三颗甜蛋，要爸爸剥了壳吃下去，非常恐怖的事，像吃球，但怕她伤心，爸爸还是一一吃了。这次南来，凭吊旧迹之外，特地也拨了时间走访大陈村子，一面也不知村子还在不在，翁妈妈还在不在，在的话都八十岁了。

不会忘记的，十一月，却是秋老虎，南方，迟开的凤凰木辣辣的红一簇簇怒烧。凤山那条街在正午太阳下整个花白而去，曝了光的黑白照片。白一些的地方是正在修护中的马路，一半用麻绳拦起，大车、小车、脚踏车、行人，从所余不多的路面挨挨蹭蹭绕过，黑一些的地方是路两旁灰扑扑的修车行、五金行。汽车喇叭声、刹车声、人声，都曝了光的，令人昏昏欲睡。大陈村居然在，如同所有眷村，未及学龄的孩童特别多，各自群集在墙角阴处弹橡皮筋、弹珠、玩家家酒。窄巷窄弄，我和爸爸好像《格列佛游记》，大脚大身从小人的锅锅灶灶之间万分小心地蹑足而过，"到了"。虽然盖了楼房的矮屋，旧址依稀，纱门望进去，一干妇人在做家庭副业，仿佛是穿塑料花。两个陌生人的来到，马上吸引了一圈人，问起翁妈妈都不知道，讲了她先生姓刘，生有一女一男，忽然有人想到"是莲花她娘啦"。

于是我和爸爸又跋涉去与大陈村子完全相反的凤山另一端，找到了莲花，是个老妇，从前也抱过我。弟弟阿狗适巧下船回来在家，姐弟二人又惊又喜，执意要从我脸上认出一桩东西，"还是像，像啊……"莲花流下了悲喜的泪。翁妈妈已于去年因鼻癌过世，生前仍一直念着朱先生、朱太太和她抱大的小凤。我也愿意相信翁妈妈是这样的。

爸爸军职北调，因尚未配到眷舍，母女三人暂住到外婆家。说是外婆家，应算作妈妈的外婆、我的阿太家。阿太四十守寡，现带着小舅公的两个儿子住五间房，一条通到底，头间客厅，供着公太的牌位。常听妈妈讲公太的事，因为喜欢一位女子，"哗"地就筑起了一条装有路灯的石子路专为便利去看她，阿太跟下还有两房妾。往往我站在供桌下端详公太的画像，画得很真，有黑白相片的效果，沿着相框开始泛黄。我曾经认真地告诉玩伴，那些泛黄的部分表示公太正在显灵。

次间卧房，老式雕花眠床，甘蔗板墙顶镂空透进客厅里的天光，飞舞着纷纭的细尘。最爱拿阿太的拂尘扮仙女，或把帐子放下，一旋转裹进帐子里做古装美人。阿太的藤枕好硬。再进去是饭间，堆积杂物，乌七八黑，我顶怕，觉得有鬼。然后是大厨房，阿太时常蹲在地上切地瓜叶，切成一截截丢进大平锅里煮猪食，煮好了，用铝勺舀进铁桶里担去后院柴房喂猪。有一长段时间，除非不得已我决不乐意上阿太家，因为阿太养的鸡鸭老跑进屋来拉屎，尤其厨房，是通到最里间卧室的必经之地，之于我简直遍布地雷，走一回短命一回，连每次煮猪食时蒸腾的烟雾和酸馊味儿都不喜极了。阿太前年以八十八岁的高龄去世，我悲哀地发现自己原来不是一个贤惠的人。

外婆家迥然不同。转过火车站前一座喷水池，大路直通到重光医院大门，当门一围龙柏树，花园铺地是韩国草，有鱼池、葡萄架、兰棚，有各种果木花树：桃子、李子、杏花、樱花、荔枝、桂圆、枫树、石榴、番石榴、五敛子、菩提果、杧果、柑、柚、夜合欢、玫瑰、蔷薇、桂花、白茶、含笑。园子中间一幢两层楼，碧青的樟脑树和尤加利遮着红墙，墙内株株槟榔耸入天空，深深邃邃的人家，墙外望望也引人遐思。我们童年的寒暑假几乎都在外婆家度过，永远是一所探索不尽的迷宫。阿太与外婆两家走路三分钟即到，阿太时常就两边来来去去，她是闲不住的，养鸡、喂猪、种菜。经过商议，外公外婆答应我们住在阿太家，不过坚持我们必须在外公家吃饭洗澡。外公家虽已有两份报，我们仍订了报。爸爸在军中电台撰写广播稿，星期六夜车来，星期天夜车去，妈妈好强，刻苦俭省，大早起来把我跟妹妹收拾好，便去外公家帮忙配药。

大多时候我都睡了，偶尔妈妈携我到车站接爸爸，火车经常误点，等得太久，阿太怕我们受凉送衣服来，也一起等。爸爸终于回来了，带给外公一篓苹果，给了我两个，另外带了蛋糕给阿太的，结果总是我和妹妹吃了。清晨爸爸北上时，阿太同妈妈下猪肝面给爸爸吃，又煮了四个白水蛋，两个给我和妹妹，两个爸爸带着车上吃。三人送爸爸去车站，火车误点三十分钟，阿太不放心又跟来了，妈妈偷着流泪被我看见了。北上的车来，爸爸幸运地找到了座位，等南下错车，便将行李放好又下来陪我们，这时候一声声荒鸡叫破，妈妈把我的毛线外套拢紧了紧。

印象里外婆是跟白山茶连在一起的，从院中剪来插在瓶中，客厅里一室冬阳澹澹，迎光只见枝叶的剪姿很雅致，堂楣上一幅匾额"寿世寿人"。不然便是诊疗室外公在填写病历，桧木档案箱上一只蓝紫长颈玻璃花瓶插朵乳黄玫瑰。外婆真爱剪花，连口袋里随时都飘溢出含笑花甜森森的蜜香。这就是外公家，有上好的桧木楼板，桧木墙壁，惯常用抹布包着豆渣擦得光可鉴人，过堂风走过，带来椰影和尤加利的涩绿。自鸣钟又敲响了，这回是楼上起居室的那座，与楼下的那座各走各的，走了十年，时差十三分钟。

我仍然比较喜欢阿太。每天上午带我们去市场，吃一碗甜粿或咸粿，像范仲淹划粥充饥那样地用一支竹片把粿划成井字，一块一块地慢慢吃下去。阿太还瞒着外公买番石榴给我们吃，可是每次我和妹妹厕所上不出来时，阿太就遭殃了。

天衣小妹妹出生在阿太的屋子最里间那张三席床上。在那间幽暗半明的房间我只记得一件事，爸爸冲麦片牛奶给小妹妹吃，我巴巴地攀住桌角望着、望着，觉得爸爸是那样地高与屋齐，桌上的暖水瓶、玻璃杯、碗、碗中一支匙，全是那样高，我巴望能吃到的一点点麦片牛奶是多么遥远不可及啊。不敢奢望地，爸爸把小妹妹吃剩的半碗递给我吃了。二十年后我读大学住宿，一回意外发现店里卖"老人麦片",盒子上是一个开怀大笑的圣诞老公公图案,当下买回去,用搪瓷缸冲奶粉吃,吃了整整一个冬天。是那么深刻的:我望向教室窗外黑沉沉的天幕,想,就要下课了,回寝室先冲一缸麦片牛奶!

之后我们住了十四年眷村,从桃园侨爱、板桥妇联,到内湖。爸爸一直没有考虑存钱买房子,有一个令我十分诧异的理由,爸爸说:"买什么房子,安家落户的,就不打算回去了吗?!"回去,指的是回大陆。这个理由连我都觉得不免忠贞得幼稚了吧。

当时的眷舍,客厅兼饭间,与我们女孩的卧室仅一扇纱门之隔,室内两席大上下铺,妹妹下铺,我上铺,家中客人多,大半是光棍儿叔叔伯伯,每宿此我就下来跟妹妹们挤。贴床一张书桌对窗,书桌就成了爬到上铺去的第一层梯阶,窗前是孩子们玩克难棒球的一垒垒包,我攀上攀下再怎么当心,仍有时会被可厌的小鬼逮着,拍着手叫:"看到你的裤子喽。"下雨天,一杆万国旗横过客厅中央,挡在纱门前,进出卧室就无法了。妈妈很不忍我们长大以后的少女时代回忆是如此之落魄,于是决定买房子。千真万确,当时我们的存款如果那也算存款的话,就是卢伯伯向我们借的两千块钱。

新房子只是一片山丘,房款从打地基开始分八期工程交,每期一万,两年完工,连订金共九万,银行贷款十万,分七年还清。房屋装潢及围墙十万,前后加起来算三十万买下了这栋两层楼住宅。像父母对于财务处理这样无能的人,居然并未受骗,堂堂买进一栋楼房,简直是奇迹,虽然爸爸是常常训诲我们,不要忧虑吃什么、喝什么、穿什么,要先求他的国和他的义,这些东西都要加给我们的。

如今我们住在此地已经十年有余,此刻我边写东西,纱窗边斜斜一枝海棠,楼栏外青天杳杳。阳历三月三,后园桃花盛开,暖风迟日洗头天。把三只兔子放出来晒太阳,黄的叫得得,白的叫卡卡,灰的是位小姐,唤波波,也唤爱波。爱波的脸最像兔子,得得顽劣而狡诈,驴脸瓜搭分明是只黄鼠狼。园里有猫:李家宝、杜小米、ET六、皂皂、恬恬……有狗:九九、来来、大王、奴奴、豚豚……兔、犬、猫和平共存。还有爸爸蹲在泥地上逗卡卡玩,整个人只见一蓬银花大脑袋,与卡卡交谈的是童儿语,零零落落,断断续续,在这个阳光、春天里。

爸爸是已经到含饴弄孙的年纪了,我却怎么也难以承认。把这份责任交给小妹吧,她于前年订婚,夫婿也是山东人,订婚宴上一杯花雕干了,喊道:"大爷,大娘。"妈妈生平第一次被叫,惊诧地"咯咯"发笑,被我们瞪了两眼才止住。至于我,且唱道:

> 有一个净饭王的太子在印度,
> 他夜半撇妻子,向雪山而去。
> 有一个拿撒勒人在讲经,
> 他不认,来会场的娘亲。

又一个晋温峤绝衣裾,他不顾母啼阻。
更那个五台山的师祖,
他拿锅铲打走了文殊。
今儿个朱天文,像杜丽娘唱泼残生,
莽乾坤,鼎鼎百年景,
她只为有大事在身也。

桃树人家

朱天文 / 文

花多，树多，狗多，猫多，人多，女性多，笔多，吃得多，B型多，书多，是敝家的十多。

五个纯种B型，父亲是狮子座倾向巨蟹座，外冷内热，素有"暖水瓶"之称。母亲是正宗狮子座的热情旺盛。狮子家庭的三位女儿，大姐占了冷僻的处女座，妹妹天心属浪漫的双鱼座，小妹天衣则是家庭型的金牛座。

这一家的收入，五分之四是被吃掉的。数年吃下来，如果吃掉高速公路的泰山站到后里站，那亦丝毫不足为奇。虽然昔年孟尝君食客三千的雄风今已不在，目前食客不算人口在内，仍有老少新旧狗七名，猫口不详，一对蛤蟆夫妻带着它们的若干子女住在水槽下面的瓦斯桶背后。吃饭的次序依照人先、猫次、犬后，蛤蟆家族总是三更半夜才跑到院中，吃着犬猫的剩饭，并不害怕有谁会伤害它们。

父亲种花植树，母亲虽没有种菜，却三天两头上山当神农氏。

这座山，就在我们后园一两棵桃树的背后，新近被母亲发掘出三样山珍，木耳、蕨菜、昭和草。木耳下汤，蕨菜用红烧肉汁炒煮最好吃。昭和草像茼蒿，比茼蒿味道更苦浓，烫过再炒，碧油如绿玉。有时母亲把一根卷曲、肥亮、绿生生的蕨芽向大家展示，再三赞叹："啧啧，你们看，像不像一只魔鬼！"而我总是喜欢将它们盛在玉色陶盘中，更显出那绿色的野和鲜，觉得非常快乐。

三月看桃花，五月采桃子，做冰桃汤喝。六月昙花开，没有去看它一夕之间开了又谢了的时候，便嗅着一阵阵如叹息般的花香袭进屋来，夜里好像睡在有月光的南海波涛上。九月采桂花，与蜜腌在空的胡椒粉罐子里，因为舍不得吃，渐渐忘掉时，最后多半是发霉了。

曾经有过一家人通宵赶稿的纪录，自嘲是制造小说的工厂。三三书坊在住家斜对面，公司即家庭，家庭即公司。天心出嫁后在住家正对门租屋而居，嫁出去的女儿泼出去的水，这盆水却泼在自家大门前。她与才俊丈夫，一个管出版社发行，一个管出书，合作无间。对于许多人，譬如邮差和收水费、电费的人，他们都很知道，过了台北市辛亥隧道之后，山坡巷子的二十五号、二十号、三十四号，这一家人的几张面孔都可能在这三处地方出现。

敝家目前最高兴的事，就是明年二月十九日即将诞生一名水瓶座。不过天心希望这位水瓶座晚一天来到世界，那么她不但是南鱼母亲，而且还拥有南鱼小孩呢。

家有小老虎
朱天文 / 文

　　妈妈在电话里和她的球友说："来看我们家的小老虎吧。"

　　球友是个十八岁的电器工人，忙不迭抓了羽毛球拍骑脚踏车赶来，以为我们家狗多猫多之外，又收养了一只小老虎，待他进门看时，原来是天心的婴儿，显然失望极了。

　　今年丙寅虎，初三生的这个小女孩，取名海盟，我们常常喊她虎妞、小老虎。小老虎的外公是丙寅虎，曾外公也是丙寅虎，三代隔了一百二十年，可写成一部近代史了。因为有孩子的年轻父母告诉我们，婴儿要到四个月大时才好玩，所以天天盼望她长大，等待她跟我们讲话。看着她躺在臂弯里，那样贪婪有力地吸吮奶嘴，像是一只吃时间的小兽，真叫人怵然心惊。

　　小老虎在母亲肚子里五个月时，曾去了一趟埃及、土耳其、希腊，来回共坐十八趟飞机。如有所谓胎教，我记得参观尼罗河上游拉美士二世神庙的时候，面对那四座破天荒的大石像，以及洞穴中的壁画斑斓，云垂海立，天心叹道："回去要是生了一个'魔鬼怪婴'，我也认了。"替天心排过紫微斗数的朋友，说她将生一个桃花女，脾气古怪，到了读初中的叛逆时期，万一要去当木匠的话，我们也不必太惊讶。

我们姐妹常常合作帮小老虎洗澡，见她整个人就是大头，和一颗蛋黄似的鼓胀肚子，两人都快笑死，叫她埃塞俄比亚饥民。她又食量特大，显然是承传女家的特色，一个半月，已喝得牛奶一百五十毫升，和两餐之间差不多同量的橙子汁或苹果水。有时我早出晚归，一天不见，她的头又长大了，令我啧啧称奇。天心却道："以前一天看一本书很平常，现在连份报纸都读不完。"

我深知她这句话的分量所在。

看着小老虎带给天心和我们家庭的变化，觉得儿女真是父母的终生牵挂，一辈子斩不断，理还乱。父母的付出，如此彻底没有保留，不带任何条件，令我敬服到胆怯的地步。对于像我这样自私的人，那是伟大不可思议的情操。

所以有一天我忽然和天心说："其实我们家有一个小老虎就行了。你的等于也是我的，就算是你也替我生了一次孩子。"天心笑说："那还要看你先生同不同意呢。"

我只是感到人生太短，太短了。

如果生孩子是许多人可以做得的，我就做一些许多人做不得的吧。

岁末的愿望

朱天文 / 文

刘小姐来邀稿，嘱我写一篇关于《回顾与展望》的文章，她先找吴念真写时，念真说他没有展望，他对前途很悲观，推荐我可以写。可惜我缺少像念真那样推稿的机智，这时深深感到是被陷害了，因为我对未来亦不乐观，也许接近于漫画家CoCo说的"对人世前途十分悲观，却对日常生活十分乐观"。

在这样的秋冬之际，母亲去山上放狗，采了一大蓬芒花野叶回来插瓶，捡到的一个鸟窝斜斜搁在草叶间，父亲笑她插的是"草莽流"，我每天替它换水，重新换一种姿态，心里也觉得高兴。

两年半前天心从日本带给我一盒方糖，是美纪在一家专卖方糖的精致小铺买了送我们姐妹的。天心感叹日本的生活素质之高，光卖方糖也养活得了一个店铺。这盒方糖漂洋到此，收藏在我的书桌抽屉里，有事没事拿出来看看，掀开它层层叠叠的包装，一盒子霜雪冰盈，每一块糖上点画着各种花草图案，清丽可喜。或许它沾了我的手气和呼吸，近来渐渐泛潮要融化了，我只好狠心用它来调咖啡，一次放两颗，见它载浮载沉终于消失在焦香腾烟的咖啡中，竟像一场悼亡仪式。

端午节喝雄黄酒，加了雄黄的高粱或大曲，一小杯一小杯炎炎的烫红色，像后羿射下的九个太阳。初夏的郁勃之气自地面蒸蒸冒起，雄黄酒一下肚，后羿时代死掉的太阳隔了多少千年又活回来了。在座众人红醺醺得差不多都快脱壳爆裂，父亲说"这杯下去就现形啦"。

父亲属虎，母亲属猪。天心属狗，先生属鸡。天衣属鼠。仙枝属蛇，来头很大，当令就有白蛇娘娘凄美壮烈的故事给撑腰。我属猴，更大，大闹天宫西天取经的齐天大圣孙悟空跟我是一宗。

在世上我的第一个猴年，除掉从父母口中知道我极爱哭，曾经被年少气盛的父亲恨得重重摔到木板床上几乎摔昏之外，大概就是那几张光头、秃眼、无齿的照片了。第二个猴年我小学毕业，得到市长奖，代表毕业生领证书、致答词，台上台下跑。参加私立再兴中学考试铩羽而归之后，剪掉长辫子，加入首届初中义务教育阵容，穿上铁灰色衬衫铁灰色裙的内湖初中制服，像是一块戴着眼镜的煤炭。第三个猴年我已换戴了隐形眼镜，拥有一本小说集、一本散文集，人称作家。

第四个猴年我将三十六岁了，希望那时候的我不至于太老。因为最近我又发现了一件老化的事实，就是我对一切巧克力制品失去了热情,正如幼年期我们无法了解为什么大人不爱吃冰激凌,每每立下志愿说"我长大了就要当卖冰激凌的人",成为我们恨不能赶快长大的渴望。然后逐渐抛弃冰激凌、苹果、奶油蛋糕、巧克力等,一次次都叫我不解和悲伤。

老化的迹象还包括对时装的眷恋,以及喜欢把家中打扫清爽,让敞亮的阳光充满屋里,饭桌一角放着象印牌乳白底撒花的电子锅,旁边一架橄榄绿烤箱,前面插一捧白色雏菊,我坐在桌边,静静把咖啡喝完,棕木色咖啡杯洗干净后搁在雏菊一侧,衷心希望能有一支笔把这幅静物画下来,永远地留住。

刚才我和一岁九个月大的盟盟一起看梵蒂冈博物馆的画册,她顶知道其中一张米开朗琪罗的雕像《哀恸》,玛利亚膝上卧着受难死去的耶稣,她说:"玛利亚抱抱耶稣。"

我问她:"玛利亚头上是什么?"

她说:"戴帽子。"

我问:"耶稣在做什么?"

她说:"喔喔困(睡觉)。"眼睛学照片上的耶稣像闭起来。

我问:"耶稣为什么喔喔困?"

她说:"生病。"

我问:"生病了怎么办?"

她说:"擦药药。"就把我的手拿到耶稣的脚上看起来像一块疤的地方,学我平常替她擦蚊子咬的药那样,用力抹着。

我的回顾,都是这些。虽然今年是台湾四十年来变动最大的一年,我却只有记下日常生活里一些零落的乐观。若有展望的话，那亦不过算作是愿望。愿三十六岁的时候我仍然美丽，写的书卖钱，电影获得戛纳影展大奖，影片全世界放映。而且但愿我至少活到第十个猴年吧！

闻吠起舞

朱天文 / 文

三十岁以前,我难免自恃生命富有,不屑保健之道。暴食暴饮,熬夜写稿、看书,兴致来时,和朋友夜谈至天亮,白天非睡到中午吃饭才起床。从来没有觉得这样生活不对,文人行,约莫如此。

有一天,妹妹忽然惊骇地发现,我的头顶长了一根正宗的白头发,恶狠狠地替我拔掉。从底白到尖,肥亮肥亮的一根银丝,美得令人生恨。我还没有切身之感,如果真的遗传了父亲的少年白,那也是没办法的事。往后不知多久,等车的时候,光亮的阳光下,妹妹指着我的眼尾说好多皱纹,要保养了。这才把我暗暗吓一大跳,可不是,都三十岁了。然而该从哪里检点起,又很茫然。

在刘妈妈的家庭美容院洗头,她告诉我每天清早到巷子低低的空地跳舞,有老师教,邀我也去。当下我深觉可笑,认它是件愚蠢的行为。但每次被刘妈妈洗脑鼓舞,渐渐动摇,心虚得不敢再去洗头。最后我决定去跳舞的动机，竟是我的鼻子。

淡江大学四年住校生活，多风多雨潮湿的气候，染上鼻子敏感，十几年了，早晨起床喷嚏连连的，像鲸鱼喷水，房屋震撼。病不是病，可烦人得很。偶尔听到刘妈妈谈及，跳舞老师本来有鼻窦炎，十几年都医不好，后来每天练舞，便这样练好了。

开始跳舞运动之后，先是改变了生活习惯。早晨七点起床，跳一个小时，回家打扫屋子，给花换水，花也是高兴的。看报纸，吃完早点，到书桌前坐下写稿。大约过了三星期，朋友遇见说我瘦了，气色好，脸结实。还有什么比说瘦了更会让一个女子快乐的呢？于是跳舞至今，断断续续，已有三年。鼻子亦形势大好。

记得是吴念真，电话跟我约上午过来载书，问我几点起床，答说七点钟，他道："骗人。"听我大笑，又道："真的假的？"

每天清晨，隔壁邻居出门上学，小狗一阵吠起来时，我从梦里醒来，放下我的百叶窗，请东晒的阳光窗外小坐。穿上我的粉红色布鞋，加入各位奶奶妈妈当中，舞之，蹈之。我很欢喜，终于我也能与大自然的作息同步了。

一花亦真

朱天心 / 文

搬来这山脚下的家已有十年了,屋后的荒山也在这些年间被我们陆续开垦出了一小片隙地,尤其近一两年的努力经营,饭桌上每隔三两天还可以有一盘自家院里生产的蔬菜,这些耐瘠土的菜绝对是家中唯一有耐心的爸爸种的,妈妈是种果树,我是一到春天总与爸爸争地,种出一大片金黄色的虎皮菊,闹哄哄地要开到清明以后才肯暂歇花事以待来年。

两棵桃树则是妈妈的宝贝,最家常的是天天在其间架了竹竿晾衣服,春天花开的时候,妈妈又最喜欢带着猫狗在山上老远欣赏院里的桃花,觉得很像《水浒传》里的世界:一行者路上贪看山明水秀,不觉天晚误了宿头,正愁哪里投宿是好,过了一条板桥,远远望见一簇红霞,树林丛中闪着一所庄院……桃花盛开时真就是"红霞"二字,我们屡屡元宵晚上在树下喝酒放火花,映得个火树银花,讨妈妈骂仍是值得的。

端午以后便可吃桃子了,常常一早起来啥事不做,先肩扛一根长竹子去树下打几个桃儿作为早餐。矮处的摘完便上树摘高处的，家里属我不怕毛虫且身子轻，常盘踞在树上便吃个不歇，孙悟空看守蟠桃园的生涯本是我极向往的。两棵桃树旁有一柳树，不知是品种不好还是土瘠问题，看相实在不佳，尤其叶子总招虫咬得斑驳，不过如此每天清晨总引来一大群小黄翠鸟穿梭其间笑闹不已兼吃早餐，便也罢了。且柳树初抽芽时正逢桃花开，桃红柳绿配在一块儿其实是一幅画糟了的匠气国画，但生在自然风景里就叫人流连又流连了。这里数姐姐最有福，她的书桌正临这一景致的。

桃树人家有事。若说美丽而家常的桃花是中国的，那悲剧浪漫得有些风格化了的樱花，当然就似它们的主人大和民族了。唉，其实若无人们对它们硬加的各种诠释，造化天生，无非也都是大自然的女儿们，差异姿态是有的，好坏罪果哪由它？桃李有言，岂不要痛抒千年来所受的文人雅士们的品头论足，真个是青天白日，哪由得你指东画西！

因此我其实也很喜欢樱花的，曾经在日本整整赶上一季的花开花落，一次站在一个植满樱花望远不尽的长堤上，那花海如烟直接天际晚霞，寒冷的堤上并无过客或归人，只有我和姐姐在那儿伫立良久，姐姐是一袭大红飞满金菊的长袄，我是一件葱绿开斜襟的织锦缎袄，两人皆打两条垂胸发辫，冷风一吹，樱花瓣闪闪而下，我们却一动也不敢动，因为已是那花中一部分了，画名为皇甫松《梦江南》中的句子："桃花柳絮满江城，双髻坐吹笙。"又或像主奴二人,陌上开花,若有男子缓缓而过,我们或会向他借伞,从此生一段聊斋故事。

种菜种果树才真是农事,除草杀虫施肥培土,满是家常生计的苦相,不若花事来得浮夸迷人心志。我就是种花的。

一棵金桂是我和爸妈从深山里已荒掉无人烟的废园里移来的,那家桂花足足有一丈多高,一副根深蒂固撼它不得的模样,只得砍了一枝回来插枝,初时殃殃极可怜,我悉心照顾着也活过来了,现在也有两个人高了。我记得念大一时第一次开花,那时萧丽红的《桂花巷》正在《联合报》上刊载,萧丽红住在《千江》(萧丽红《千江有水千江月》)里贞观住的台大对面一家民房的破楼上,时常约我放了学去她那儿坐坐聊聊。那回便抢新摘了第一枝桂花去,和她虽是旧相识,但一段年纪的差距她只当我是丫头,不说女儿知心话的。后来看了《千江》,想想与大信的分手应该是那段时日了,而那样一个秋天里的一枝桂花香,不知可有助她在渡劫中能有一丝丝豁脱。

一直奇怪亚热带的中国台湾为何不能繁花似锦,若说地窄人稠,荷兰、日本较之尤有过之;说是气候燥热,我更屡屡惊奇予人鲜花丰丽印象的印度了。日前看了一部以印度为背景拍摄的英国片《热与尘》,片子好坏非关本题,用此二字来形容印度是最恰当不过的,但同时那样绚丽缤纷,也能生自那块满目黄色地岩的国度也是够不可思议的了。也许他们是有着强烈宗教信仰的人民,日日在晨曦中、在恒河畔膜拜神明,没有比用鲜花来表达更恰当的了。

好吃如我对日本料理仍无法领略其妙,唯喜欢它的取材天然随意。一次日本友人请我们在大宴小宴之余吃吃看最寻常人家的日常料理。我们依约比进餐时间早一个小时到,主人家寂然如水,完全没有中国人请客时的烟火沸扬。随着时间的逼近,只见主人不时与我们闲适相对奉茶、进和果子,厨房里却全无一点动静,知道主人是单身女子且家中并无用人,饥肠辘辘外加好奇心弄得人大惑不解。此时只见主人起身告退,饿瘫了的我们正萌生退意,却见她一人在廊前庭院中闲闲逛逛,东采采花,西折折叶,优哉得躁杀了屋里的客人。不一会儿,餐仍及时上桌,却见大盘小碟的全都是主人刚刚在院中摘弄的花叶,好看之外还都可吃,我们神农尝百草地都试吃了一遍,滋味如何是另一回事,光是这些植物的天然原味就让人很觉新鲜和感动。老子说,五味令人口爽,是故大羹不调。日本料理有这种提醒人返璞归真的好处。

因此也想学学此种生涯。前年在梨山叔叔的农场避暑,爸爸见苹果树下多长有一种似蒲公英苗的小草,端详半晌终判定为荠菜,说是山东老家都以此来包饺子,味道很美。我一听是荠菜便先叫好,《西湖游览志》里读过:"三月三日,男女皆戴荠菜花,谚云:三春戴荠菜花,桃李羞繁华。"想想,什么花敢叫桃李生羞呢?!此时虽只见荠菜不见荠菜花,光摘吃野菜就很合我脾胃,结果众人摘了一整个上午,拣拣洗洗擀了饺皮,上桌先请爸爸尝第一个，爸爸品味良久，判定并非有特殊怪味儿的荠菜，这可好了，满桌只此吃食，便都只好冒着宁毒死勿饿死的危险一齐举箸。一餐吃毕并无伤亡，这样一个美丽的错误一直叫我难忘，但也只有一没有二了，到底是现代人，还是市场里现成的各种熟相识的丰绿蔬菜才真正可口。

再说回自家的菜园，除之不尽的野草大概是唯一令人对田园生涯起倦怠之心的，可是近来我们却发现了极好的解决良方，缘起是年初养了三只兔子，平日给关在一铁丝笼中，白天把笼子搬到园中野草上一放，不用半个时辰就吃一方块地兼施肥。三只中的得得与波波买时老板强调是一对的，公的得得是土黄色的，极强悍调皮；母的波波是鼠灰色的，又名波丽露，脸颊鼓鼓完全似卡通里的兔宝宝造型，温驯且蕙质兰心，专爱吃各种花瓣。后来知道爸爸真正喜欢的是标准的白兔，便又买了一只玉兔似的卡卡。

三个兔子长大半年已届适婚年纪了，却始终不见波波有怀孕的迹象，一次一个内行养兔的朋友来，玩了一阵竟意外发现波波也是公的，如此一来真苦了这三个光棍儿了。这一发现，爸爸顿生怜悯之心，遂将它们的单身宿舍开放，让它们可自由在园中活动，以打发单身生活的单调无趣。难得猫狗与它们也处得来，另一只俄国牧羊犬也权充牧兔犬不时管管它们。卡卡与得得都是兔子，善寻旧路，能定时返家，只有波波常野得有夜不归营的记录。一次波波出去三天未回，我们断定大约被山上的大蟒吃掉了，眼不见为净，只可惜了它极美丽的皮毛和清洁驯良的心肠。

没隔几天，一位十分爱好文艺的读者朋友来访，我们自然邀他来园中看看，他怀着过分朝圣的心情把我们的荒山大大夸赞了一通，说如何如何有隐者田园山居之趣，正赞得我们极不好意思，只听他激动到不可抑制地长叹一口气："你们瞧，还有野兔满山跑！"一家人顿时不约而同抬头厉声追问："你说什么？！"他被我们的反应吓得愣住了，半天才怯怯地朝草里一指，果真是离家多日的波波正跑在回家的路上哩！

园中除了兔子外，也有别家生灵奇事。四月的一个晚上，忽见园中延伸到山脚下的大片野荻草中迁来了许多萤火虫，闪耀缤纷如十月时政府大楼前布置的那些火树银花。我对萤火虫的生平不甚了解，显然小小一介虫儿不适长程飞行，那么它们究竟如何一夕之间迁来如此许多，好费人猜疑，难怪古人会说是"腐草为萤"了。我们也不及追究这些，只忙着约朋友来观赏。一天兽性大发，一人带了一个塑料袋去比赛捉萤火虫，并无半点古时女子轻罗小扇扑流萤的风雅。捉萤火虫必须胆大心细，因它飞行并不快，呼啊呼地在空中停停行行，大约萤灯有些重量。捉时便要大胆张开手掌向它迎去，然后手掌一合便捉到了，心细功夫就在一合手之际，务必仔细轻重以防捏伤了它。一次一只虫儿竟主动飞到我的食指上去，放心地一明一灭，当场把我变成E.T.了。

却说那回的捉萤大赛虽全无伤亡地把它们又放回野地，第二天晚上却一只都不见了，不知又流浪去哪儿，我当然宁可相信是那白日的一场大风把它们硬生生刮跑的，不愿它们是对我们这群朋友失望了。整个的夏天夜晚，我不停地期待它们的再来临。

凡此种种生活我总不太爱向别人提起,总觉得这份闲逸在此时此地的台北似很矫情、很可耻。闲居本非我所愿,只能怪我工作的出版社就在家对面,凡事一办完便可缩回家里,因此也时有匆匆不及换下睡衣与书商们谈生意的时候,便就随缘随喜吧。

弘一法师喜欢的偈语:问余何适,廓尔忘言,花枝春满,天心月圆。

吾家有女

朱天心 / 文

  曾经希望在十五岁的时候生个男孩,那么我在三十出头的年纪时,他就该是个个子高过我的大男孩了,可以带着我四下玩去,照顾我、保护我,了了我此生注定已没有哥哥的遗憾。

  因此一恋爱的时候就很想结婚了,想象中的婚姻是这样,可以不上学、不上班,但并不晏起的,早早出门骑辆高手把单车上市场,或许穿一身洁白的衣裙,或许是件大衬衫和丈夫的旧牛仔裤剪成的短裤,清凉阳光的早晨,从市场返家的路上,单车白色的篮子里是一束奶油黄的玫瑰,或许是一捧我喜爱的科斯摩斯花和一大串半透明的金香葡萄——奇怪,完全忘了我也喜爱的鸡鸭鱼肉等——是个忘了柴米油盐的婚姻,浪漫得极为可耻。诸如此类的浪漫行迹还多的是,但是每一桩的每一刻都是那样诚心和认真,多年后看回去,幼稚也好,可笑可怜也好,都只是在沙滩上回首看自己的足迹,一步一步地清楚实在,纵要被时间的浪漫或海风给湮灭,也还是自己走过的。

家中三姐妹,很小年纪从亲友长辈口中频频的"噢,就只有这三个女孩啊"知道原来再快乐和睦的家中还是有缺憾的,且我们上一代就只有爸爸一人在台湾,那么好好的朱家岂不要没下文了?于是三个女孩约定好,将来每人起码要生两个以上的男孩子,其中的一个得随我们姓朱,小时候对爱情、对婚姻的最初观念是源起于此。

少年的岁月里,果然各人都有各人的爱情故事,欢欣也好,悲愁也好,匆匆数年间,也就是缤纷一场花事,如世上所有的女儿一样。其间勉有成绩的是妹妹在两年前的订婚。准妹婿也是个极爱小孩的山东大个儿。一次我和妹妹等公交车,妹妹说起对未来的种种,突然笑起来,告诉我,将来他们打算生六个小孩(可组篮球队),又看我和姐姐近年来越发疏于人事,因此特许我们将来可不用生小孩了,由她来代我们了此尘缘。

阳光的早晨,我和妹妹并肩坐在人行道的白铁椅上朗朗道着女儿心事,看着她发亮的眼睛和脸蛋,我讷讷地不能置一词,恍若回到遥遥远远三人一道立誓生男孩的幼时,且真正相信世事是可尽如人意地明朗可编排。

前尘往事暂不提。如今三姐妹还好好在家各有事忙碌,爸妈是从不为我们的终身大事做主张的,也因此时不时有人上门想给介绍男朋友,对方也无非都是青年才俊或家世很好的,寻常人家的母亲遇此或许觉得条件不错就不妨先让交交朋友看,妈妈却急惶惶地明告之:"快别害惨人家吧!"妈妈是见我们不谙家事且心思已被文学工作占掉一半，如此怎能做好人家老婆呢？别害人家成天冷锅冷灶跟着拿书当饭吃吧。这是爸妈做人的厚道处，总是替人着想而薄于待己。我们也趁此赖在家里多做几年女儿不肯离去。

但也还是有遗憾怅惘的时候，每听到爸爸在庭前轻声逗小猫、小兔子，才惊觉爸爸已是该含饴弄孙的年纪了，而猫狗故可愉人却到底是畜生，若逗弄的是小孩那才真正值得的，而且要有多大福气的小孩才能在爸爸膝前玩耍得教诲啊！爸妈相继步入中年后，我总隐隐有相聚无多的忧惧，便很怕将来的小孩不及得到爷爷奶奶的教诲，要是他将来成大器时爷爷奶奶看不到怎么办，算命先生说我七十三岁后是"日落西山际，而见霞光万丈，回照寰宇"，当下哀哀不已，是第一次想到七十三岁后我大约是无父无母的老孤儿了吧，管他什么回照寰宇。没有爸妈看到是多么寂寞且都不算数了！

痖弦叔叔年近五十时得次女小豆，算命的说小豆在三十五岁时会扬名国际，痖弦叔叔为能熬到彼时，天天晨起慢跑练身体。佛家有云"树本无心结子"，历代亦有多人如王充、孔融、胡适做如是论，无非皆想阐明父母之于子女只是芸芸众生间最寻常的关系，与错身而过的路人的缘分一般深浅。而其实我认为说这些的一定都是对父母最情深不过的人，如来寂灭后的三从棺出，其中一次就是见母亲摩诃摩耶夫人来，因而起坐为母说法的。他们无非早早感觉到父母注定只能陪子女半生的隐哀，而想以此说来使自己豁脱的吧？

不孝有三，无后为大。我走了一大圈，不知怎么又走回原地原心情，爱情婚姻，婚姻爱情，我单单纯纯希望能有一个小孩子，给爸爸妈妈玩，能陪爸爸妈妈到多大就多大——仍是小儿立誓时的郑重和殷切啊……

不为明天烦忧

朱天衣 / 文

出外演讲,常被人介绍出自"文学世家",因此引来许多遐想,满以为我们家必是艺术气息浓厚,满室书画装点,其实非也。首先父母从没收藏字画的雅兴,再加上猫狗多,更不适宜摆设,只要猫咪伸个懒腰、磨个爪子,一切对象都要报销,所以自小家里虽不至于到家徒四壁,但在装潢布置上确实是没什么讲究,唯一挂在墙上的,除了一个坚实的十字架外,就是那用相框裱褙的一幅小字"我的恩典够你用的"。

小时候不明白这句话的深意,只知道家里永远有川流不息的人潮,与其说父母好客,不如说他们老怕人饿着。那时大家都穷,拿笔写文章的人更穷,所以当时文艺圈的朋友,任何时候都可以直接杀到家里来,就算半夜三更到访,母亲也能像变戏法一般地整治出一桌饭菜,绝不让人饿肚子。

当时父亲领的不过是军人的薪饷,比别人多一些的收入就是他们二人的稿费,但似乎从不见父母为钱财烦忧过,与此同时,他们还拉扯了我们姐妹仨，又养活了一屋子的猫猫狗狗。后来是看大姐升了高中，住在没有私生活的眷村，连换个衣服都不方便，父母才狠下心来在台北市郊购置了栋房子。说狠下心是因为家里一点积蓄也没有，而父亲的军饷正够付房贷，不想才付没几个月，便遇上台湾经济起飞，原本吃力得不得了的贷款，因薪资调涨，瞬间便只占了所得的一部分而已。至今母亲、仍单身的大姐、已婚的二姐全家都还住在这屋子里，这一住便是四十年。

在我们办《三三集刊》时，家里来来去去的少男少女们，食量更是直逼梁山好汉，记得当时母亲上市场买菜，大家都当她是餐厅老板娘，因为她买起菜来，动辄十斤起，那时节每值用餐总在十人以上，吃火锅时，大家也只能严阵以待站着吃，前一排捞好了料往后退，后面一排迅即抽空闪向前递补，很有拿破仑方阵战术的排场。

后来自己成家才知道持家的辛苦，也才惊觉当时没把父母吃垮真是奇迹。也许是家风的缘故，我一直也没什么理财观念，积蓄、置产付之阙如，还好也没银行贷款，赚多少花多少，或者也可说花多少赚多少，把自己的物质欲望降到最低，便可省下许多赚钱的心力去做自己想做的事。把这观念执行得更彻底的两个姐姐，近日和我谈起钱财之于她们的意义，大概就是随时可伸出援手，帮助需要的人。

到底该不该为明日烦忧？其实人们在为未来奔忙时，多半是想为自己的孩子留下些什么，但是不是适量即可？我就看过身边的人，为了父亲庞大的遗产等待了一辈子，也虚枉了一生。以世俗的眼光，父亲并未留下什么不得了的财富给我们，但至今天他已离开人世十多年，他的为人处世仍福荫着我，走到哪儿，人们都充满善意地和我谈着父亲的种种，这不是他留给我的资产是什么，而他和母亲这一生照拂了多少人的需求，肚腹的、心灵的，他们如此无所求又能源源不绝地付出，凭借的是什么？我想除了那不为明日烦忧的憨胆，更重要的就是来自"我的恩典够你用的"这份信仰，而这也深深影响了我的一生。

杀生的禁忌

朱天衣 / 文

以前常和姐姐玩一种游戏，将人分成两种：看书的、不看书的；运动的、不运动的；养生的、不养生的；爱喝酒的、滴酒不沾的；酗咖啡的、对咖啡无感的；瘾君子、痛恨香烟的；茹素的、荤素不忌的……习惯用逻辑思考的人，偶尔把周边的亲朋好友用这种不花脑筋的二分法归类，是很有意思的游戏，可让人迅速回归童稚，回到那非黑即白、简单明了的世界。

孩时除了将人分成好的、坏的，事情分成对的、错的，我还习惯把鱼分成可以吃的、不可以吃的，简单归类，就是海水鱼和淡水鱼、死鱼和活鱼。死的海水鱼是可以吃的，活的淡水鱼是不可以吃的，以至于每当看到水族箱里鲜活斑斓的热带鱼，就有置身童话世界如梦似幻的兴奋。同样地，自小养鱼成癖的我，若见饭桌上出现淡水鱼，不管什么鱼种，挥之不去的是相煎何太急的手足情，无论烹调技术再高，也难勾引我下箸。

二姐的杀生原则，是以认识和不认识为准，生鲜买回家，尽管已遭肢解无招呼可打，仍恪守君子之道，尽速退出庖厨，至于那些活着进门的，就更不在话下了。小时候，来去一趟外婆家，携只活鸡回来是很正常的事，但是，到家不即刻处理，多养个一两天，事情就很麻烦了，更糟的是取了名字，就如同领了免死金牌。因此家中常有一些非宠物的家禽四处游走，就算它性喜随地拉屎，也能在大家的默许下寿终正寝。

一阵子迷上吃螃蟹，谁都知道红鲟是蟹中极品，且非得生猛下锅不可，一开始只敢处理巴掌大的，且常自我安慰甲壳类感觉不那么敏锐，往电饭锅一扔，盖子一掩，躲得远远的就好。后来一次上和平岛，鬼迷心窍买了个排球大的红鲟，偏偏回程遇到塞车，于是就听到它在后车厢行来走去的，两个多钟头的车程真是煎熬，到家要处理，也是这个推给那个，那个推给这个，最后还是由全家最该是君子的爸爸下手，先烧了一壶滚水烫，它居然不死，还在水槽挣扎，到这个地步也无法收手了，只得拿出标准处决方式，以筷子戳进眼睛处理，那经验真是惨烈。自此，红鲟再好吃，也不敢玩这种游戏了。

目前，海港巡礼，只敢在死鱼堆里讲究，新鲜之外，最好是看不到头尾的切片鱼，不然就是小到看不清脸部表情的白饭鱼，近来因为保育的缘故，后者也敬谢不敏了。在还没法子将自己归类为茹素者前，类此妇人之仁的禁忌，看来是还有的坚持了。

之二·外公的留声机

外公的留声机

朱天文 / 文

　　很久,已经不大知道光阴是什么了。回到外婆家,这一天下午,还没有病人来求诊,外公心情很好,给我们看那架留声机。手摇的留声机,年龄足够做我的爸爸了。这时候放送的一张檀黑色唱片,是莫斯科皇家交响乐团演奏的《四季》。稍微缓迟的节奏,稍微走音的旋律,时光恍惚倒回了五十年。炎热的夏天午后,窗明几净,坐在凉润藤椅上,我渐渐记起来岁月。

　　台北的时间单位早就以分秒为计的此时,我讶异地发现,在这里时间单位竟以年计。两层楼房是四十年前外公从罗东运来上好的桧木所建。外婆插花的宝蓝色瓷瓶自我有记忆以来就在那里。小学时代比我高大的声宝牌电冰箱现在只到我肩膀那么高了。再过一些日子,皆堪为古董了吧。然而我喜爱它们,是喜爱它们仍然在日常生活里被人们用着。

　　外公总是在任何新东西最先出产时便买了下来。从照相机到幻灯机，到八厘米摄影机，年年我们放假回来，也从观赏外公外婆旅游东南亚的照片开始，到澳大利亚、美国的幻灯片，到欧洲之游的动画影片，虽然影片的女主角永远是外婆朝着镜头挥摇着手帕，以及高速公路铺设工程经过铜锣东边河，外公拍下的每期工程进度照片。有一年暑夜，连同爸爸妈妈，全家大小聚在花园草地上，架着一只六百倍的望远镜，我们看到了火星像一颗橘子迅速地转动。日食的正午，外公教我们把玻璃片涂黑了，对着空中的太阳观测。当年政府推行普通话运动，外公率先订阅了报纸从拼音学起。我不难想象，半个世纪之前，外公自现今台大医院前身——"台湾总督府医科专门学校"毕业出来，返乡悬壶济世，娶妻生子，年轻的人夫人父，却又是一位于闲暇时候也会听听古典音乐的知识分子，聆赏从这架手摇留声机旋转而出的乐曲，他只觉世界是这样新鲜、生活是这样值得的。

对于旧事物的珍重爱惜，对于新事物的惊奇喜悦，外公乃如此。

拍片的假期

朱天文 / 文

幼时的寒暑假都在外公家度过,客家话说得很流畅。念初中以后唯过年会南下一趟,渐渐像到人家家里做客,渐渐客家话也生疏了,夹普通话夹手势的,总算还能跟一句普通话不会讲的外婆沟通。

七八月间在铜锣拍摄《冬冬的假期》,我也随片登台了两星期,充蹩脚翻译,充临时采买、道具。最担心的是要让外公外婆两位老人家不会因为日常作息的被搅扰感到不适,为此连母亲也撇下日文翻译工作前来助阵。结果是,两边都客气体贴得过头,简直成了"君子国"。

外公在镇上行医超过五十年,是看见弯腰驼背的嬉皮青年会要他回去剪了头发再来治病的刘医师。所以一旦听说重光医院的刘先生家在拍电影,全镇皆为之哗然了。我听见不止一次,外婆和春兰阿姨对好奇来探望的乡邻们说:"都是为他孙女儿的缘故啦。自己的孙女儿嘛,还有什么话说。"

外婆是欢喜的。就像小时候我们姐妹三人下了火车回到外公家,穿着同一式样的衣裙、鞋袜,第一件事,外婆便打发我们三个一起去街上买酱油、盐巴、糖什么的,回来必孜孜地询问我们:"有没遇见谁人呀?""有没问你们是谁人家的小人儿呀?""有没讲你们好漂亮呀?"

少女时代在日本念过书的外婆,爱美,爱花,爱珠宝。偶尔用日文写信给妈妈,仍然沿袭了日式优雅的风格,谈谈窗外天气,谈谈庭园花草,之后才谈到正题上来。家居日子也要薄施脂粉,不为打扮自己,倒更多是为在丈夫和宾客面前的礼仪。初次我带朋友们来看景时,外婆见到淑真顶着一张脂粉不施的白脸,向我暗叹道:"好老实的细妹家呀。"拍片期间,但凡有亲戚长辈来家,外婆总要请我擦点口红胭脂,领我到她那座古董化妆台前,一面抱歉笑着:"阿婆这样老了,还较你们年轻人爱漂亮哦。"外婆的本领之一,便是完全不必借镜子就可以把口红涂在嘴上,又快、又匀、又准确,令我叹为观止。

外婆每天杀鸡杀鸭款待我们,数十年来仍不改她殷勤劝菜的习惯,每每把人家饭碗堆满了菜肉还要夹菜给人,便教外公又笑又斥地喝住。爸爸爱吃外公家老砂锅煨出的红烧肉,且不怕肥,外婆将油红滴滴的大肥肉夹到爸爸碗中,爸爸都要惊赞道:"只有青海才奈何得了喏!"

工作人员中午吃便当,饭馆送来的米酱汤销路不好,外婆说是饭馆阿某真没神经,外省人怎么吃得惯米酱汤呢?遂叫春兰阿姨挑大麻笋来,跟小排骨炖了一大锅笋汤,当下吃得个锅朝底。侯孝贤用他"洋泾浜客家话"说："连锅子都要吃掉了啊。"外婆变着各种花样，酸菜肉片汤、排骨福菜汤、酸菜猪血汤、干豆角排骨汤，发现还是笋子汤最受欢迎，喝得光光时，就够从春兰阿姨、阿宏叔、舅舅们到外婆，当作一桩快乐的稀罕事儿传诵不绝了。

外婆似乎只能用吃食来表达她的尽心尽意，因此中元节市场不杀猪的那些天，外婆就万分苦恼了，巴巴地走老远到不知谁家那里借猪肉，又为着煮出来的肉片不够鲜嫩频频道歉。后来几日拍外景，清早从台中出发去铜锣或大湖，我仍回外公家，外婆仍每天割猪肉煮一小锅鲜汤，上午吃一锅，傍晚收工前又吃一锅。她不晓得我这都市人爱喝清汤不吃肉，往往专拣满满一碗精肉要我吃，我只好趁她不注意的当儿把肉又拣回锅里去。但我永远记得颤跳的肉片蘸酱油吃时的鲜味儿，那是任何地方都不会有的味道，连同外婆陪坐在圆桌边笑眯眯地望着我喝汤时的那种味道。

而我总难以习惯于天伦亲情似的。

下大雨，随妈妈到铜锣街上买菜，一人一把伞，虽是夏天，下起雨来也觉飘凉，两人是母女，又像姐妹，明明是亲，却教我生涩难言，反而变成了傻头傻脑有失常情。光是觉得四周的景事人物特别亮眼，青菜绿的是绿，荔枝红的是红。妈妈跟老阿婆买来带回台北的霉干菜，声音一起一落话家常，大雨"哗唰唰"地把塑料遮棚打得斜飞。我站在妈妈身侧竟像客人，是这个市场的客人，也是今天这个雨天里的客人，一切使我想要用全部生命来报答主人待我的厚意。但客人是不宜多言的，我就更没有一句话了。

陪外婆散步也是这样，默默地跟在身边像只乖小猫，感动存在心底不言。外婆教我有余钱不要乱花掉，顶好去买金子收藏起来，以前外公看病之余自己种花生，晒好的花生一麻袋一麻袋扛出去，换得的钱往往东借西借就不见踪影，外公起先也不信，后来听从外婆劝告，几钱几两的金戒指、金链子买了存起来，结果就是靠了这些金子才盖成的这栋桧木楼房，至今已三十五年，依旧鉴亮如新。是第一次，从外婆的语调里发觉金子的重量与现实感，喜爱这种世俗的感情。

另一回，跟外婆走累了，并坐在山岗一棵龙眼树下，累累的桂圆垂到脸前。山下二季稻已插秧，一片油翠，高速公路横过前方，过去是西边河，点点停着白鹭鸶，再过去山边有炊烟，天涯远远的。外婆记起年轻时候念过的课文，她说日本圣武天皇是一位贤明的君主，因为他每次看到百姓人家的屋顶冒出白烟就好高兴，那表示大家都有米，在煮饭，吃得饱呢。往昔我的阿太和舅公们就住在山边斧头坡那里，外公被日本人征为海军随军医官发送到南洋，空袭时外婆带着几个小萝卜头舅舅避到阿太家，黄昏警报解除后再抱一个、牵一个、跟一个，越过斜阳长长的田野走回家。

眼前南来北往的各型车子飞驶过高速公路，我爱高速公路基隆起站隧道入口大书的"国道"多少多少公里，"国道"二字真好。让我想起妈妈最喜欢干货店，吊在梁上檐下，塞得满屋子千千种种的干货，大口大口嗅着那股子晒味儿，妈妈赞叹道："啊，真是物阜民丰。"

片中有一场冬冬爬大树的戏,是侯孝贤拍得很过瘾的一段。金澄澄待收割的大稻原,从外公那架手摇留声机播送出来的《诗人与农夫》交响乐中流展而出——我们打趣这一组画面是绝对有资格当选"省政信箱",是新闻局心目中聪明的"模范生"和优秀的"童子军"。

外公的那架留声机年龄都够做我爸爸了,那些质感沉厚的原版唱片穿透德国制磁头钢针出来的音乐,也都是岁月的声音,幽幽邃邃,带着记忆的华丽。录音师小杜特别从台北来这里转录,选的另一首曲子《霍夫曼船歌》,我亦常听妈妈哼唱:"啊,良夜,五月之夜,体恤爱你的心……"我们静静坐在倒映着人影的桧木楼板上,歌里好像闻见花气袭人。这时午后两点钟,楼上老挂钟刚敲过,楼下那座又响起,两座钟各走各地走了数十年,时差数分钟。

外公七十几岁了,还常常骑摩托车出诊,净亮的本田一五四是国内第一批进口摩托车。外公坐不靠背,腰板笔直,行如风,立如松,三两下爬到树上采阿萝娜做果酱给大伙尝。古军饰演冬冬的外公,放唱片给冬冬听那场戏,外公守一边教古军怎么放针,怎么摇箱,古军弓着背站在留声机旁,身子随手臂摇动一起一落,外公嘱我要古先生站直立稳才对,我悄声转给导演纠正他的姿势,外婆看在眼里直叫惭愧,不许外公再这样多事。

外公却是不管,说挂脸就挂脸。诊疗室一场戏,古军胸前挂着听诊器要为病人听诊,灯光打好了,摄影机摆好了,导演喊:"正式来,开——"古军将听诊器套上耳朵,听筒才举起来移到病人胸口,当下外公叫停:"莫!莫!"立刻传召我这个翻译官。外公说拍诊疗室没关系,古军坐在桌前圆黑沙发旋椅上也没关系,拿着笔写病历表、胸前挂着听诊器,都没关系,只是不准古军听诊。因为古军不是医生,不是医生就不好有医学的行为出现。外公脸上认真如小男儿的神气,他心底对医学这门道业的自重自尊,他觉得古军的诊治行为就是不像,不像的这种感觉仿佛在外公脸上打了一巴掌,令他不快而羞惭。

明白了外公的心理,我们便利用外公午睡或出诊的空当,赶紧拍完手术间和药房的戏,回避开外公的不适感,众人戏称这场不大不小的游击战是"禁忌的游戏"。

但外公又有他的洒脱不介意。来自医学上科学精神清简的习惯,外公很厌恶烧香拜拜之类的事情,逢到节日祭拜神明,外婆都是不让外公看见,在侧门供鸡鸭花果。拍戏期间正当农历七月,有一度摄影和灯光器材不断出现毛病,人气也不顺,遂准备了一桌菜食飨奠。那当口我们游戏没玩好,给外公出诊回来瞧见,外婆真是为难极了,拦前头对外公说:"人家拍电影的风俗,定要做的哟。"外公倒是好意地侧立一边,看着大家烧钱祭鬼忙完,也无话,点点头进屋去了。

一天早晨我们从台中到外公家,过三义下起雨来,侯孝贤恼着是否停工一天返台中旅馆,还是回台北休息两天看看毛片,犹豫不决时,外公出示一卷图表,竟是他二十五年来所记载的本省台风气象记录图标。侯孝贤回头就跟天心笑说:"这是你写《百年孤独》的材料。"众人皆会意大笑,想到马尔克斯《百年孤独》里那位充满了对新事物的狂热好奇和研究精神的老祖先。根据外公推测，即将来临的"郝丽"台风会带来几天豪雨，于是侯孝贤立即下令班师回府。

八月二十二日黄昏，补拍颜正国光身子盖着一片芋头叶呼呼睡在木桥上的最后一镜，就杀青了。西边河桥地方远僻，请大舅舅开车载摄影组和颜正国，侯孝贤骑摩托车载剧务，外公劲头大，也驾了他的本田一五四载我去。我意识到车子经过火车站前小池驶出镇街，乡人们眼中的刘先生和攀坐在他身后的孙女儿，非常快乐。

西边河满布着雪灰肃肃的野芒花，外公带我坐在堤上，遥遥望得见对岸山丘上，我跟外婆小憩过的那棵龙眼树。溪水缓缓流过脚下，水清见石，无数只红蜻蜓来水上飞。星星散散几人在岸边拍戏，辽旷的岸，芒花摇一摇人便看不见了，而我知道侯孝贤他的人是在那里的。外公跟我闲闲讲起光绪年间的事。

片子完成后一个月，外公外婆因参加天心婚礼来台北之便，才看了《冬冬的假期》。我等不及问他们的观后感，异口同声都说："屋子摄出来很美呀。"语气之间像是他们的房屋要负下这部电影成败的整个责任，现在责任卸下了，两位老人家这才放了心。外婆笑嘻嘻道："很奇哩。"

是很奇！拍片的假期，我的假期。

外公家

朱天心／文

晚上院子里的昙花开了，香蓬蓬的五朵。我和爸爸索了把手电筒去欣赏。真是月下美人啊！每一朵都各有各的姿，看看她们已是千年岁月了，而我和爸爸啜一口酒，我们约是在宋代吧，东坡在吟，起舞弄清影，何似在人间。

我对昙花有很深的印象。很小的时候，我住在外公家，半夜里被外婆从床上喊醒，瞌睡蒙眬地由外婆摆布着穿上件小背心，然后跟跟跄跄地下楼去池边的花棚下看昙花，外公多半已经拿着手电筒在那儿等了老久，此时他会用少见的温柔语调告诉我昙花的种种，我总战战兢兢地听着，看到那与我头般大的花儿，也不禁要清醒起来，端然地立着。

外公是个典型的美国西部拓荒的创业男人，他在家中开了医院，他对病人是凶暴出了名的。镇上没有一个人不怕他。可是他对外婆则不然，外婆是从小孩到做妇人时都没吃过一点苦的小姐。所以至今外公还叫她"girl"，但是外婆也经得起叫，她有着薄薄红红的唇、尖尖的下巴，她的衣服比我的小衫裙都要花俏。清晨起床我陪她在园中看露珠，她问我："阿心喜欢妈妈家还是外婆家？"我眼睛一转，答道当然是外婆家。外婆总是笑眯了眼地喊我一声小人精，然后带我到楼上的卧室里，柜子里有好多吃不尽的糕饼呢。外婆老当着众人数说小人儿说多精就有多精，我这才发现大人们明知道受骗时仍会傻哈哈地笑。

我才刚学着要说话时，妹妹就又赶来了。才二十四岁的妈妈一时照顾不了我们姐妹三个，就把我送到外公家，所以刚学会的几句简单普通话就夭折了。我跟着外公家的用人阿兰学客家话，与她一块儿坐在灶下唱起客家儿歌，炉火总熏迷了我的眼睛，阿兰多雀斑的脸蛋则被映得通红。我是外婆这一大家唯一的一个第三代，所以大家都拿我这小人儿当玩具了。他们叫我"蜘蛛心"，因为我两只眼睛骨碌碌的，圆圆的。又因为我走路总是张着四肢晃呀晃的，我不穿拖板，个儿又小，人家还没看到我，我就不声不响地出现了，就像是走在墙上的蜘蛛那样。外婆问我想不想回妈妈家，我摇头。然后外婆把她颈上戴着的七彩玻璃珠项链挂在我身上，我个子小，珠串一到我身上就垂地了。我爱穿着拖板上楼梯，上一步，珠子就拖拉在地上，我的小拖板总把它们踩得"咯吱咯吱"响，我爱看它们碎得更七彩，外婆也不管我。有时我玩了一天，累了，浑身乌漆墨黑地坐在小门廊上打瞌睡，外婆就唤我"小野鬼"，然后顾不得肮脏地搂着我坐在藤椅上，拍着扇子哄我，告诉我，我没有爸爸妈妈的，我是从那高高山上的大石头里蹦出来的。我也不担心，只管瞌睡蒙眬地听着，厨房灶里烧木柴的火"噼里啪啦"地响,麻雀在黄昏的屋檐下聒噪着叫,我听到外公牵着狼狗莎莎走过花园里小碎石子路的声音,我从外婆怀里仰起脸来对她说:"莎莎。"

阿兰最是爱晚上抱我出去串门子,从长长的铁道这一头到那一头。外公家在镇上是望族,我又乖,人们就爱逗我,叫我笑给他们看,我颊上有个浅浅的酒窝。他们最爱的还是问我:"伊是哪儿人?"我总习惯地答道:"长衫仔。"然后看他们哄笑成一团,灯火昏昏,夜晚真是悠远不尽。

阿兰是什么人都要去看,她带我到病重的人的房间,那真是个不见天日的地方,墙角的尿桶骚得熏人,妇人躺在黑漆漆的老眠床上絮絮地与阿兰讲话,阿兰总哭得稀里糊涂,摇着头:"冤枉呀,冤枉。"我常疲倦地打着呵欠,泪水模糊中的那些无尽的黑夜真是寂静怪异,而我是小舅舅送我的圣诞卡里光着身子的小天使,戴着个小光环,展着翅膀在空中,高高的,看老眠床上无尽的死死生生。

一直到妹妹会走路了,我才回我们家,学普通话学得好吃力,我歪着头看正在对镜子梳头的妈妈:"妈咪你的头发好乌呀。"妈妈笑着纠正我,我则羞得躲到大衣柜后头去。

之后进了小学,老师选我当班长,我是很凶狠的,成天拿根竹子打男生,他们也怕我,放学回家我坐在广场上等交通车接爸爸,我向爸爸说:"画小ㄌㄣˊ(台湾注音,lén)。"我的门牙在床铺底下,说着话总是漏风,但是我写在作业簿上时总写得很好,我这样写,ㄒㄧㄠˇㄖㄣˊ(小人物)。吃过夜饭后,爸爸就在小黑板上画小人儿,我、妈妈、姐姐和小妹妹都排排坐在小板凳上笑疯了。小人儿是由一个圆圈圈和五根直线组成的。小人儿会抓痒,会跳舞,会与女小人儿亲嘴嘴。

昙花开的时候,岁月变得好悠远,爸爸啜口酒,头发银白银白的。那个多雨的夏日午后,我和爸爸蹲在小水沟边放纸船,那时爸爸有一头墨黑墨黑的头发,然而我是一直相信小船终会开进那浩瀚无边的大海洋去的。

最初的恋情

朱天衣 / 文

每值情人节,在课堂上我便会出"×情人"这样的题目给孩子们书写,想当然地一定会惹来孩子们一阵鬼叫,待我说明这"情人"的范围很广时,他们才安静下来。我所谓的"情人",包含了异性、同性、亲朋、好友,甚或是同伴动物,以及不具生命的对象,就像是爸爸妈妈、小狗小猫、玩具书本都可以,只要合乎"分开时,分分秒秒都想念;相聚时,处多久都不嫌腻"的定义,不过,我一定会加一条"但是",那就是"电动玩具"不在此列,不然的话,大概每个小男生的梦中情人都会是相同的。

我女儿小时候就理所当然地说过,她长大要嫁给她的爸爸,完全无视我这正宫的存在,难怪有人说:"女儿是爸爸前世的情人。"我虽然不曾有过同样的想法,但在我小小年纪时,却也曾深深地为情所苦,这爱恋对象完全合乎我对"情人"的定义。那年夏天,我每天清晨起来的唯一目的,就是等待她的出现,唯有看到她,心底的那个黑洞才会被填满。她年纪至少大我一甲子,她是我外公的姐姐，我该唤她"姑婆"的。

在我五岁那一年，外公家新添了一个男孩，他是外公的长孙、我的表弟，对客家人来说，再没有比这更伟大的事了，顿时别说我，连两个姐姐都要靠边站了。当大家的注意力全投注在这个宝贝金孙上时，我就像透明人一样，在那偌大的屋里晃晃荡荡也没人注意，每天吃饱早餐，我就会来到大门口，等待一个身影的出现，因为只有她看得到我，没把我当空气。

有时等久了腿酸了，就蹲下来继续等。当我看到那瘦瘦高高的人形出现在路的那一头时，心脏便开始狂跳，随着她的身影接近，我那心跳也几近破表。她看到我时总会故作惊讶地说："阿衣妹！怎么在这儿呢？"随即将我带进屋里，有时也会抱抱我，和我说说话。她身上的气味，她那灰布衣摩挲着我手臂的感觉，总让我恋恋难舍。

每天、每天，只要能看到她，让她抱一抱，哪怕只是听她说两句话，我的心就满了，那一天就好过了。我对她的眷恋是如此之深，以至于跟大人去河边洗衣服、去菜场吃水粿都可以放弃。可是她知道吗？也许在她眼底，我只是一个喜欢蹲在门口、不太会说话的小小孩吧！

这整件事，就只有那鬼灵精怪的二姐察觉，长大后，有一回她脱口而出："你小时候不是爱死了那个姑婆的？"我才悠悠醒转过来，原来真有这么个人，原来这件事真的存在过，这，该算是我的初恋吧！

我的大舅

朱天衣 / 文

我的大舅舅一生服膺社会主义，至死不渝。

他年轻读新竹中学时（当地最好的学校），篮球队的教练组了一个读书会，用油墨印了一些巴金、老舍的文章，带着他们看一些当时的禁书，结果整个篮球队，连老师带学生全给抓了起来，一一被送到绿岛监禁，后来大舅在狱中得了肺疾，才保外就医送回本岛医疗。这件事约莫是大大伤透了外公的心，所以才会说出"女儿若嫁给外省人，不如剁了喂猪吃"这样的话语。

大舅被释放后，虽继续读书、工作、结婚生子，但他的人生却走了样。首先，他不仅不信任体制内的人与事物，连对身边的人也充满疑虑，他怀疑自己始终被跟监着，连住家巷口的擦鞋老头儿，都是特务机关安排的暗桩，至于对面的邻居，更是二十四小时监视他的特务。有时母亲听烦了他的阴谋论，忍不住直言说："你没有那么重要吧！"受伤的他则会反唇相讥地以"你们这些小资产阶级"称呼母亲，果真把他的妹妹搞到发毛，他们兄妹俩的谈话常以互摔电话终结。

其实，母亲是很知道她这位大哥的好的，客家人的长子是备受呵护的，他生长的环境又极其优渥，但他却始终奉行无产阶级的生活，节俭到令人发噱的地步，他捡拾外公穿到不能再穿的衣物，来家的客人，也唯独他的鞋子会受狗狗青睐、遭到啃噬，因为他会拿舍不得丢弃的肥肉擦皮鞋，吃过的西瓜皮也不能丢，放在屋里可降温，至于塑料袋更不能扔，洗好挂在阳台铁窗上，一方面可回收再用，另一方面可挡住对面邻居的监控。

小时候，所有舅舅中，我们这些小萝卜头最怕的就是他，住在外公家时，只要听说他要回来，我们一定早早上床，睡不着也要装睡，不然被他逮到，就得接受他的军事训练，排成一列，向左转、向右转、敬礼、齐步走，动作慢一些就会被他拧脸颊，虽然事后他会发个五毛钱作为奖赏，但我们没一个人想赚这钱。

带我们出去玩也是以行军的方式，翻山越岭走到遥远的河坝，一群小短腿在炙热的阳光下走上两个钟头，简直是酷刑，不过当我们跳进冰凉的河水时，似乎一切又都值得了，而且，他总会把扛来的大西瓜冰镇在河底，要吃时，砸在石头上，再大口大口啃食，那西瓜的滋味，至今仍难以忘怀。

我这令人又爱又怕的舅舅，最后仍是因为肺疾离世的，他的病况其实不到药石罔效的地步，但他就是不肯进医院接受治疗，因为他终其一生反体制。当我们去见他最后一面时，踏进他那挂满塑料袋的阳台，走入他那家徒四壁的屋子，我想鲜少人能像他如此坚守着社会主义的理想，直至六十岁，直至他生命的最后一刻。

我的神父小舅

朱天衣 / 文

母亲一共有两位哥哥、两个弟弟,比较会读书的是大舅舅及最小的舅舅,以世俗的眼光看,我的大舅舅是书读太多、读到偏了,让左派思想给洗脑了,所以不能指望。而外公这小儿子,自小便表现优异,最有可能读医、接下外公的衣钵。他也果真不负众人的期望,一路念到最好的中学,他本来可以保送直接念大学医科的,但他却把机会留给家境清寒的同学,自己参加大学联招,考上了台湾大学药剂系。

就在他读大学的时候,却突然决定要改念神学,当一位神职人员,这等于是在母亲的家族投下了一颗超级震撼弹,外婆想尽办法要阻止这件事,找了许多人劝阻他,其中包括我的父亲,以及我的大舅,据说父亲衔命真的找到了小舅,他点燃了一支烟和小舅对坐着,直至抽完那根烟,才发话说:"好吧!就这样了。"这是在父亲丧礼上,小舅为他主持弥撒时透露的讯息,这就是父亲的风格,尊重别人的意志理念,绝不多一句嘴。

大舅的劝阻说辞也有趣，他和自己的小弟是这么说的："站在优生学的观点，你也不该当神父呀！"不管多少说客出马，小舅仍很坚持地进入耶稣会，经过十多年的陶成，发下最后誓愿，成为一位神父。

我们小时候都很喜欢这位小舅舅，他对大自然充满了兴趣，他会教我们认识许多植物、昆虫，会为了捡到一条蛇皮开心不已。我们都喜欢和他亲近，寒暑假父母会托舅舅带我们坐火车回外婆家，如果是大舅，那会是很痛苦的事，因为反体制的他从不好好买火车票，如果遇到查票员，便要跟着他躲来躲去，有时还要中途换车，像谍报片甩跟踪。和小舅便不同了，一路说说笑笑，什么都能谈，他从不嫌我们幼稚无聊。

我一直很想问小舅舅为什么会选择当一位神父，但终究没问，这应该是他和天父之间私密的约守。只有一次我问过他：从事神职工作是否遇过挫折？他想了想告诉我："当手上握有的资源有限，却不能照顾所有需要的人，必须做抉择时。"他说尤其是很清楚地知道，这份资源可以改变一个人接下来的生命时，那真的是很痛苦的决定。

如今小舅舅天涯海角到处奔波，耶稣会派他到哪儿就到哪儿，偶尔接到他的电话，都是从意想不到的地方打来的。虽然好难得才能见到他，但他永远是我心中最亲最亲的小舅舅，他是上帝的天使，只要想到他，我的心永远是满满的。

阿太

朱天衣 / 文

外婆家于我意义并不深刻，童年回忆美好的一面多在百米外的阿太家，即便那儿养着鸡养着猪，气味不太妙，狭仄又略显阴暗，但阿太的温暖胜于一切，在那儿自在，在那儿受疼爱，在那儿感受不到男女差别待遇。是因我出生在那屋里？是因阿太特别疼惜？人前，她是一视同仁的，但私底下我知道她是疼爱我的。寒暑假住在外婆豪美房子里晨起的我，总殷殷期盼她挽个篮子来，待那从不下厨、从不上菜场的外婆叨叨交代完，我便像个跟屁虫黏着阿太走个三四条街去那人烟杂沓的菜场溜达。

阿太会把我安顿在市场口，蹲坐在小板凳上捧着一碗或甜或咸的粿，我多会选红糖染褐的水粿，甜而不腻，用小竹签划开一格格慢慢享用，之后升小学读到范仲淹少时贫寒，粥糜也是这么划着分餐进食的，便特有种亲切感。有时，阿太还会买串泡在冰盐水里的菠萝或串在竹签上的红心番石榴让我打牙祭，那是我盼之又盼的最快乐的时刻。

一次约莫是番石榴吃多了，连着几日排不出便，医师外公生气地开骂，吃了药、铺张报纸蹲在院里等待排便的我，隔着木条窗看到阿太躲在厨房踅步，既担心我，又得承受外公的斥责，那画面如何也忘不了。平时外公是很敬重阿太的，但禁吃零嘴是家规，又还吃出问题，要医生外公不发火也难，这也是唯一一次看到他对阿太说重话。

　　印象中阿太是老的，一头银发盘成髻挽在脑后，一身布衣布裤完全客家妇人的装扮，似乎从未年轻过，翻看她之前唯一的照片，一样的装束，黑发浓密，额头特显，五官深邃，神情肃然，与一旁的小妾看起来就是不同，听说商贾公太当时在众多采茶女中一眼便看上了她，重聘娶回家做正房，而后虽也纳妾，还为探访情妇在乡间小道上装设一排路灯，但在他四十来岁中风猝死家财散尽时，唯一为他守住家和四子一女的还是阿太一人。

　　曾留学京都的外婆，是没过过苦日子的，家道中落之际，她已嫁给还在当实习医生的外公，阿太则独力扶养四个男孩长大，其中排行第二的孩子，在苗栗读中学，一天为解饥把车资拿去买包子，摸黑疾走回铜锣，焦虑自责带风寒，两三天便走了，这定是阿太一生的痛。

　　阿太是靠着养猪养鸡把孩子拉扯大的，她借了一块地种番薯，我喜欢跟着她去田里割地瓜叶，她用扁担挑着两个大箩筐摇晃地走在回家的长街上，帮不上忙的我只能像跟屁虫尾随在后，那记忆也是无法磨灭的。切叶煮猪食，她也随我伸手伸脚，从未呵责过我。从小四岁的大表弟出生，我便像个隐形人在外婆三百坪的大宅里游荡，当大家忙年杀鸡杀鸭，早已饥肠辘辘的我，便会到阿太家求救，她会搬张小板凳让我坐稳，从挂在竹竿上油亮亮的白斩鸡上割条腿让我享用，那是她养了一年的鸡，过年杀了煮好晾妥，待儿孙回来人人都能分些携回家，外婆家廊下也总会挂个十几二十只油汪锃亮的鸡子，其他鸭子、猪脚、蹄髈更是满坑满谷，比阿太这儿丰盛得多，但像我这小人儿能吃上完整的一只鸡腿，唯阿太舍得。

阿太四十岁守寡，当儿女长大成家各有所成，她仍坚持一人独居。长女外婆锦衣玉食；大舅公在法院工作；二舅公一身洋裁好手艺，中年后开的"小金桦"馅饼粥在台北还小有名气；小舅公则一生服务铁路局，最后以竹东站长之职退休。依传统观念，阿太晚年是可以依靠任一儿女养老的，但她始终坚持一人独居，不仅自食其力，还持续养猪养鸡不时襄助经济较差的儿孙，像父母刚成家时，她便尽己所能地为自己带大的孙女儿张罗，对外省孙婿我的父亲，也是敬爱有加。

我出生时，阿太已六十，就是我现在的年岁，在年幼孩子眼中，她就是个老人，没性别、没年龄、没个性，甚至连喜怒哀乐都不备，她不怨天尤人，也从不论人长短，还常帮助比她更穷困的人。她总把自己收拾得干干净净，虽则放养的鸡只常在屋里游走，猪圈不时传来酸臭味儿，但我仍喜欢待在她身边，炎炎夏日的午后，大人在客厅打嘴鼓，我则躺在她的眠床上午寐，看着那花鸟小人儿木雕昏昏入睡。

阿太是老衰走的,没明显病症,就只是一日日衰弱下去,每当外公为她诊治,她羞涩得像个少女般护着身躯,守寡守贞于她是天经地义。临终时,她赧然地说公太来接她了。那个已暌违四十年的夫君,或许,以现今眼光看,有情人有小妾的公太并不值得她那么心心念念,但事实上,她就是这么守了四十个寒暑。

阿太一生,简单说,可以传统客家妇女概括,但因为她是亲人,是我童年美好的一块拼图,我难以如此归档。她过世时,邻友泪别,移灵山上穿过镇上时,有许多乡亲在门口捻香送行。那年我十九,只懂感动于她的为人处世大气,而今人生走了大半,才知她是多么不容易,在那样的时代背景,一个女人要撑持一个家养活一群嗷嗷待哺的孩子,她是怎么过来的?晚年本可倚儿傍女过舒坦日子的,她却仍坚持独居,行有余力地照护儿孙,至少我看到的,外婆依赖她的时候居多。是骨气,是求一份自在?她从不自艾自怜,她是如此怡然地过了一生。

另一道血缘

朱天衣 / 文

外婆似乎没能传承阿太的行事为人，虽则在扮演医师娘的部分是成功的，但掌握诸多资源，行事却不甚公允，好恶甚至很是任性，因此儿子媳妇纠纷难免。母亲因是阿太带大的，和外婆不亲，少女时代很是磨难。若说是重男轻女，外婆对她的小女儿却是疼爱有加、呵护备至，这样的爱憎分明，也许源自爱打球、爱唱歌的母亲始终不能如外婆所愿成为一个日式端庄淑女，也幸亏个性大大咧咧，母亲才不致因此留下任何阴影，而后也因为母女情如此淡泊，母亲才舍得离家奔赴才见过三次面、远在凤山的外省军职父亲。

小镇医师外公十分疼惜外婆，到老仍以"girl"唤她，记忆中，外婆总是身着旗袍或洋装，颈项挂串珍珠，很标准的医师娘风范。但她快乐吗？她的世界很小，除了外公带她出游，几不出户。在那国人还未开始旅行的年代，外公已带她游遍世界，除了非洲，能去的国家大概都去了，但她真的享受这些吗？至少后来当我载她去探望服役中的表弟、她的长孙时，往返三个小时的车程中，她始终低头手握念珠诵经不已，似乎离开她的城堡，所有灾祸都会兜头而来。

可是就算待在那大宅里，她快乐吗？被她宠坏的三儿子，我的三舅，不时出状况待她遮掩，小时印象深刻的一幕，便是外公手持大棍痛砸三舅的摩托车。类此遮不了掩不住的大小事，想必像颗不定时炸弹时时惊恐着外婆吧！而她的护短擦屁股方式，也加深了三舅的有恃无恐，如此恶性循环，她的日子并不好过。

二战期间，外公被日军征召至南洋任军医，回台后，依所见闻，在铜锣车站旁自建了一所混合了日式西式南洋风的大宅，占地三百坪，建筑面积也百坪有余，诊疗住宅共享，外公看诊区块是禁区，等闲不得飘过，就算在其他院子楼上玩耍也得轻声，稍不注意，便会惹来外公狮吼。

及长，每逢年节回去，在屋里兜来转去都遇人，是个全无隐私的空间，想找一隅静静都无可能。后来熟稔建筑的友人来参观，一语道破"这是个父权彰显的宅邸"。外公家的氛围确实若此，外公如骄阳，外婆及其他儿孙，犹如大小行星、卫星围着这中心转，幸得我们一家如彗星，偶尔出现即可。

外公脾气虽暴，却是明理的人，他不仅白手起家，还把先祖败落的家业重新建立起来。他绝对有强势的资格，然或许是虎父犬子吧！舅舅们都缺少外公的气魄，最杰出的小舅选择神职，当他决定奉献天主教耶稣会时，也经历了场家庭革命，他大概是唯一能抗衡外公父权威力的,也是我们至亲至爱的知己。

大舅读竹中时,因球队教练带着他们读巴金、老舍等禁书,而被关至绿岛,这对外公应是很大的打击,从对原乡的憧憬、光复的喜悦,转变为对外省人,尤其是军人的痛恶,以致曾说过"女儿若嫁给外省人,不如剁了喂猪吃"。这也是当初母亲父亲相与无法和外公言喻的原因,之后虽在父亲诚挚沟通下,外公重新接受了这桩婚事,他们翁婿俩也一辈子相敬相惜如君子交,但这都是后话了。

长年住在家里的三舅又是一种典型,从未离家的他,结婚、生孩子乃至最后一程都是在这屋里发生的,他有正常工作也有退休金,却永远处在负债状况中,除了烟酒不离手,他并不赌,不知为何总欠一屁股债。外面的人也乐于借他钱,反正背后有个富爸爸,不愁要不到钱,最后外公过世,他分得的遗产正够还债。

三舅大恶不至于,但却是家族里最令人头疼的人物,尤其退休后无所事事霸在屋里,视所有人都是来和他争产的,极尽羞辱能事,至亲均被气到放弃回去探望外公,最后甚至连留守照护外公的阿宏叔及春兰姨都无法待,他们一生为外公工作,非不得已是绝不会离开的,却都被逼得拂袖而去。而外公晚年失聪未尝不是一种幸福,因三舅总碎碎念,说的多是老一辈权力不下放之类的怨言,也许他一生都在等待,等待老父往生就可接手一切,偏偏这父亲高寿九十七才离世,他等待一生,也虚枉了一生。

一次和二姐突访外公,见三舅正发飙,我们姐妹俩便忍不住和他争吵起来。二姐负责提词，人高马大的我负责开骂，理亏的他当然不是对手，转身便摇晃瓦斯桶，作势要同归于尽，只见外公手持木剑冲下楼来，威吓式地朝他劈去，顿时见三舅抱头鼠窜夺门而出。那画面很令我惊诧，面对外公的威仪，再年长再泼赖的儿子也只有逃躲的份。

另一次让我见识到外公的父权威力，是他北上动痔疮手术，术后趴在床上休息的他，要大舅将房门上的气窗打开，却因假牙未戴口齿不清，说了两次，大家都不明白他意欲何为。性急的他索性从床上跳起，"唰"的一下把窗给拉开，我永远不会忘记当时大舅惊慌失措的模样，年过半百的他像个孩子般无措。

其实长大后，我们姐妹仨就不再畏惧外公，青春期后，他待我们像个大人，会和我们分享照片——年轻时的、出国旅游的，指着毕业纪念册告诉我们哪个同学还活着，哪个已经驾鹤西归，他那数十年不辍记录的寒暑表，也像《清明上河图》般展现给我们看，有好一阵子高速公路铜锣路段施工，他时不时会去监看，也会骑摩托车载我去看，坐在他身后，会联想到幼时他带我们去海边通宵的光景。

苦读成医的外公有许多维持一辈子的友谊，这些友人有些务农，也有做小生意的，还有一位至交是杀猪卖肉的，每次去海边搭的就是他的运猪车。当日晨起，便见春兰阿姨煮妥热腾腾的白米饭，揉成合掌大的饭团，饭团里就只有一枚外公腌渍咸酸的紫苏梅，暑夏开胃且防饭团走味儿，接着一群小萝卜头便欢喜雀跃地跳上已清洗干净的运猪车，铺石子的山路既颠簸又蜿蜒，半个小时的车程虽被摇晃得头晕目眩，但却期待满满。

当那湛蓝大海展现眼前时，我们全都脱到只剩个小裤头，便往海里奔去，若适逢退潮，海滩宽到跑不到水边便被滚烫的沙子炙到脚底快燎烧起来了，进退不得正想大哭，便见像巨人般的外公大步跨过来，左右胳肢窝各夹一个把我们掷向温凉的海水中，他那超人形象也是童年不可磨灭的记忆。当我们戏水抓螃蟹时，他便像救生员在一旁巡视，予我们莫大的安全感。

正午吃过夹杂了风沙的饭团后，外公会从众孙儿中挑一两个，背着在波涛汹涌的大海中泅水，这对我们来说真是可怕至极，当一波波海水涌来，是毫无招架余地的，覆在他背上口鼻呛满苦水，唯能做的是双臂紧箍外公脖子，那种濒死挣扎的紧箍，没把外公勒晕还真是奇迹。

那时的外公年纪和我现在相仿，壮硕得像牛一样，在他八十逼近九十时，最大的心愿就是想看看二十一世纪的世界是何光景，而他也真做到了。那时的他还在执业，院里的大树还坚持自己修剪，不时还骑着他的本田第一代摩托车出行，儿孙劝阻无效，只能以万一发生医疗纠纷难以善了恫吓阻止了他继续看诊，而他那宝贝摩托车被窃时，大家都松了好大一口气，但当他不能悬壶、不能远行，连爬上树修剪都不被允许，渐渐地，人便衰颓了下去。

外公是二〇〇四年离世的，并没什么疾病，甚至不记得他曾求医,就是渐渐衰弱走向终点,他的妻和他的长子、次子都走在他之前,这会是他的遗憾吗?当大家在外地忙于自己的生活,三舅龇牙咧嘴的霸占行径遂成了最好借口,除年节、除外公生日,我们鲜少回去探望他,唯有用人陪伴照顾,临终他和在身畔的越籍看护说:"辛苦你了!"儿孙满堂最后陪伴他的却是非亲非故的一位异域女子,虽说这是台湾常景,但每念及他最终这段日子,身畔就只有看护及不肖儿子陪伴,他会有任何想望吗?这些想望又都被满足了吗?我是后来才知道的,最后那段日子,他会至邻居处找寻早已离世的妻子、他的girl,听闻此是心酸、是讶然的,在儿孙、在我心中外公是永远屹立不倒的巨人。但他终究是人,会老会病会死,外公经济无虞也无须我们贴身照护,却为什么疏于回去探望,是不忍直视他一日日衰颓?是怕亲见心中那株大树崩倒?

是因为相隔一段距离,并未被如大树的外公的威权所笼罩,所以能以轻松单纯崇敬的角度看待他,在许多方面外公和从未谋面的爷爷有许多相近之处,白手起家重振家业,是有智慧、有担当的大家长,为此,我常以外公想象爷爷,若说其间差异,未受日本人影响的爷爷,对女孩似乎多了分疼惜;他会体贴奶奶在燠热灶上炕饼,立马动手将土墙大开加宽窗沿;他让八个姑姑受足教育,一辈子能自立自主;他也不惯享受大家长的特权,他不会让奶奶像外婆一样把所有好吃好喝都放在自己面前、所有事都他说了算,我想受日本教育的外婆,在其中是扮演很关键的角色的。

在母亲心中，外公的父亲形象是阳光正向的，当时离家去找父亲，不舍的也是这份父女情。每值外婆太过分时，除了大哥为她不平，也只有这父亲会为她直言，外公外婆一生几无龃龉，鲜少呵斥妻子都为这大女儿。

外婆对儿孙的好恶是找不出太多道理的，拿我们姐妹仨来说，她偏爱二姐，有好吃好喝的总让二姐独享，即便穿着旗袍也不吝背着抱着这小孙女，赞美溢于言表，总要顺道贬抑一下大孙女，还好个性大大咧咧的大姐也不太在意，而我则如隐形般没太入她的眼。

记得小时候回外婆家，母亲总刻意把我们姐妹仨打扮得齐整漂亮，为的是别让外婆失颜面，果真回去会受到娇客般的待遇，但每次椅子还没坐热，外婆便会支使我们到镇街上买个东西，一回来便迫不及待地问我们："街坊邻居有询问你们是哪家的孩子？有说你们好靓吗？"当她接受父亲这外省军人后，每当人们问她女婿现职时，她总会自动职升一等，而后父亲也总如她所愿，步步高升至她期许的职位，父亲常笑道外婆真是金口玉言呀！

好在父母后来的声誉能让外婆夸口，我们姐妹仨也能为她争脸。当初或母女情坚，或更年期、青春期直接对决，她对母亲的嫌厌应是发挥到了极致，有时说到少女时的待遇，母亲总以亏得外婆记性不好做结语，不然她应会腆于过往的种种吧！

爱恨情仇每个家族都会有，只要有资源就有分配问题，主事者若没把公平正义放在心上,那么人性阴暗扭曲的一面就容易被激化出来。自小在两个不同世界长大,富裕的外公家,均贫单纯的眷村,若只能选其一,我当然选后者,无关省籍认同,而是纠结了太多负面情绪的地方,真的是很难令人心生向往吧!

图书在版编目（CIP）数据

桃树人家：读书人家的光阴 / 朱天文，朱天心，朱天衣著 . – 北京：北京时代华文书局，2021.10
ISBN 978-7-5699-4395-5

Ⅰ.①桃… Ⅱ.①朱…②朱…③朱… Ⅲ.①散文集-中国-当代 Ⅳ.① I267

中国版本图书馆 CIP 数据核字 (2021) 第 179476 号
北京市版权局著作权合同登记号　图字：01-2021-4644

中文简体字版©2021 年，由北京时代华文书局有限公司出版。
本书由朱天文、朱天心、朱天衣正式授权，经由凯琳国际文化代理，由北京时代华文书局有限公司出版中文简体字版本。非经书面同意，不得以任何形式任意重制、转载。

桃 树 人 家 ：读 书 人 家 的 光 阴
TAOSHU RENJIA DUSHU RENJIA DE GUANGYIN

著　者｜朱天文　朱天心　朱天衣

出 版 人｜陈　涛
责任编辑｜田晓辰
执行编辑｜来怡诺
责任校对｜陈冬梅
封面设计｜RECNS recns@qq.com 装帧设计
版式设计｜段文辉
封面插画｜HoHo 猴
责任印制｜訾　敬

出版发行｜北京时代华文书局 http://www.bjsdsj.com.cn
　　　　　北京市东城区安定门外大街 138 号皇城国际大厦 A 座 8 楼
　　　　　邮编：100011　电话：010 - 64267120　64267397

印　　刷｜三河市嘉科万达彩色印刷有限公司　电话：0316-3156777
（如发现印装质量问题，请与印刷厂联系调换）

开　本｜880mm×1230mm　1/32　印　张｜7.5　字　数｜164 千字
版　次｜2021 年 11 月第 1 版　　　　印　次｜2021 年 11 月第 1 次印刷
书　号｜ISBN 978-7-5699-4395-5
定　价｜52.00 元

版权所有，侵权必究